분단 46년 4월 이웃산기슭마

사람이
온다

김동규 산문집

사무사책방
Flaneur

'앎'과 '삶'을 연결시키는 것은 언제나 그리고 누구에게
나 어려운 도전이며 중요한 과제다. 자신이 아는 것을 구
체적인 일상적 삶에서 실현해내는 것은 늘 어렵다. 지금보
다 정의롭고 평등한 사회를 만들고자 하는 변혁에의 의지
가 있는 사람은 일상세계에서 아무리 사소한 것처럼 보이
는 것도 지나치지 못한다.

다른 사람은 보지 못하는 것이 그에게는 보이고, 다른 사
람이 느끼지 못하는 것을 그는 느끼고, 다른 사람이 고민
하지 않는 것을 그는 고민하고, 다른 사람이 마음 편하게
느끼는 것에도 그는 심한 불편함을 느끼며 살게 된다. 앎
과 삶 사이의 거리를 좁히고자 하는 이들이 겪는 일이다.
『사람이 온다』는 앎과 삶을 연결하고자 고민하고 씨름하
면서 살아온 김동규 교수의 자취를 담아내었다. 그의 시선
은 영화, 미술관, 정치인, 학자, 시인, 예술가는 물론 이름
없는 이들, 마르크스나 노무현의 묘지, 미국 마켓인 홈데포

의 노인 노동자들, 세월호 등 우리의 구체적인 일상세계 곳곳에 닿아 있다.

『사람이 온다』는 그만의 고유한 방식으로 우리가 몸담고 살고 있는 세계의 축소판을 보여준다. 우리가 이 문제 많은 세상에서 어떻게 희망과 연대의 끈을 부여잡고 살아가야 하는지를 고민하는 이들에게, 또한 '사소한 것'으로 보이는 것에서 인간에 대한 연민과 연대가 시작되는 것임을 알고자 하는 이들에게 이 책을 권한다.

• 강남순(텍사스 크리스천대학교 교수,『질문 빈곤 사회』저자)

저자의 시선은 삶이 지닌 고통에 향하고 있다. 그러한 고통이 개인적이건 사회적이건 저자의 공감능력으로 말미암아 자신의 이야기가 되어 펼쳐진다. 한 편 한 편마다의 글은 낱낱의 구슬이 되어 독자에게 제시된다.

학생들을 가르치는 장년의 교수가 되어 보여주는 어린 시절의 기억과 감흥, 그리고 격동기를 살아낸 이의 아픔은 물론 이제는 기성세대로서 젊은 세대에 대한 책임의식도 녹여내고 있다. 글의 내용은 어찌 보면 개인의 이야기로 보일지라도 시대와 문화를 관통해 전해져온, 전해져야 할 시대의 역사의식이기도 하다. 개인의 성장기이면서 동시에 사회적 고통을 보듬고자 하는 지식인의 기록이다.

• 우희종(서울대학교 교수, 사회대개혁지식네트워크 상임 대표)

나는 지나가는 사람이 아니라오.
이 들판을 누볐다오.
내 발등에는 흙이,
내 혀에는 사랑하는 사람들의 이름이 얹혀 있다오.
• 자카리아 무함마드

1

2009년 봄, 노무현이 꽃처럼 졌다.

세상을 향해서 글을 써야 하겠다고 결심한 것이 그때부터였다. 이후 종이신문과 인터넷언론에 칼럼을 썼고 블로그와 페이스북에도 생각을 올렸다.

2014년 4월에 일어난 세월호 참극은 또 다른 분기점이었다. 당시 나는 텍사스 주립대학교에 방문교수로 나가 있었다. 분노와 절망의 기도를 했다. 글쓰기만으로는 안 되겠구나. 남은 아이들을 지키기 위해 세상의 변화에 한 뼘이라도 힘을 보태야겠다는 생각이 귀국 후 깊어졌다. 개혁적

지식인 운동에 참여했고 검찰개혁과 우리 사회의 제반 개혁 운동에 작은 힘이나마 얹으려 애썼다.

처음부터 산문집을 낼 계획은 없었다. 그동안 쓴 글들을 책으로 출간하면 어떨까 하는 제안을 작년 초에 받았다. 적지 아니 망설였다. 내 글이 어떤지 스스로 잘 알았기 때문이다. 부박하고 생경한 파토스가 넘실거리는 문장이 때로는 마음이 오그라들 정도로 부끄러웠던 게다.

그럼에도 불구하고 책을 내기로 결심했다. 이유가 있었다. 책의 내용이 출발하는 1980년 초부터 2022년에 이르기까지, 내가 경험한 개인사가 우리네 공동체적 삶의 고갱이와 교차하는 부분이 있다는 것. 비록 거칠더라도 그러한 조우(遭遇)의 기록 자체가 의미가 있을 수 있다는 생각에 용기를 얻었다.

2

흩어진 글을 고르는 작업이 만만치는 않았다. 그 탓에 이 산문집에는 여러 소재가 등장한다. 그러나 수록된 글들에는 공통점이 있다. 모두가 사람에 대한 내용이라는 것이다. 낳고 키워준 가족 이야기에서부터 내 인생의 이정표가 되어준 사람들, 나이 들어가며 보다 확장된 시공간을 함께 통과했던 사람들에 대한 이야기 말이다.

영화 주제도 나오고 다른 이의 책 언급도 나온다. 심지어 키우던 강아지에 대한 추억도 있다. 그러나 결국 이 책은 사람에게서 출발해서 사람에게로 돌아가는 개인적 기록이다. 사람을 통해 얻은 내 인생의 기쁨과 슬픔을 담고 있기 때문이다.

그래서일까, 어느 저녁 책 제목을 짓느라 상념에 빠져 있을 때 '사람'이라는 단어가 자연스럽게 떠올랐다. 마치 선물처럼 그들이 내 인생에 왔다는 생각이 들었다. 『사람이 온다』라는 다섯 글자가 떠오른 후 더 이상 다른 제목이 생각나지 않았던 이유다.

이 책은 크게 6장으로 나뉜다. 1장 「그해 봄」은 20세기 후반과 21세기 초반을 걸어 나온 개인적 체험과 가족에 대한 이야기다. 2장 「내가 만난 사람들」은 소제목 그대로

다. 오늘의 나를 형성시켜준 소중한 만남에 대하여 적었다. 3장「함께 걷는 길」에서는 더불어 살아가는 세상에 대한 소망을 풀어봤다.

4장의 제목은「세월호 이야기」다. 나의 인생행로에 중요한 영향을 미친 이 참극에 대해 따로 장을 만들지 않을 수 없었다. 5장「우리가 빼앗긴 이름들」에서는 노동문제, 검찰, 종교, 언론개혁에 대한 고민을 담았다. 그리고 마지막 6장「살았고 싸웠고 죽어간 이들을 위해」에서는, 밤하늘의 유성처럼 우연히 스쳐 만났던 인연들에 대하여 적었다.

3

책은 종이 위에 잉크로 된 활자를 찍는다는 점에서 명백히 물성(物性)을 지닌 존재다. 동시에 그 안에 글쓴이의 들숨과 날숨이 뚜렷한 하나의 생명체이기도 하다. 뛰노는 심장을 품고 아이가 태어나듯이, 책을 펴내는 걸 탄생이라 부르는 이유가 그 때문이다. 이 책의 탄생에도 여러분들의 도움이 있었다.

산만하고 엉성한 원고를 어루만져 온기 따뜻한 생명체로 탄생시켜준 그이들께 고마움을 표현해야겠다. 출간을 제안해주신 사무사책방에게 먼저 감사드린다. 원고의 구성을 의논하고 여러 중요한 조언을 해주신 김지환 주간의 도움이 없었다면 책이 지금의 모습을 갖추기는 어려웠을 것이다. 표지를 정리하고 단아한 구성을 완성시켜주신 편집자와 디자이너께도 고개 숙여 인사드린다.

같은 길 함께 걷는 우정을 핑계 삼아, 텍사스 크리스천대학교의 강남순 교수와 서울대학교 우희종 교수께 추천사를 부탁드렸다. 타인의 책에 추천 글을 쓴다는 게 쉬운 일이 아닌데도, 단번에 허락해주신 두 분 선생님께 이 자리를 빌려 동지적 감사를 표한다. 그렇게 내가 만난 사람들, 나를 키워준 모든 인연에 이 책을 바친다.

봄을 기다리는 2022년 3월
김동규

차례

사람이
온다

3장 함께 걷는 길

4장 세월호 이야기

사람이
온다

5장 우리가 빼앗긴 이름들

6장 살았고 싸웠고 죽어간 이들을 위해

가슴이 두근거리는 일 두 가지
들꽃이 피기를 기다리는 것
사람이 오기를 기다리는 것

1장

그해 봄

그해 봄

분홍색 꽃무늬 원피스

대학 1학년을 마친 1980년 2월 말. 휴학을 하고 대구로
다시 내려왔다. 재수를 결심했다. 봉산육거리 근처에 입시
학원들이 몰려 있었다. 그 동네에 초등학교 동창생 형님의
사무실이 있었다. 단과를 들으며 골목길 2층의 구석진 사
무실 공간에 자리잡고 공부를 시작했다.

그해 1월에 양평에서 언더서클(당시에는 대학 운동권 모임
을 그렇게 불렀다) MT를 했다. 전두환과 노태우 이름을 들었
다. 12월 12일에 쿠데타가 일어났다는 이야기도, 5·16에
이어 탱크가 다시 한강을 넘었고 군인들 간에 총격전이 벌
어졌다는 소식도 들었다. 귀향하면서 나의 마음을 움켜쥔
것은 그러한 소용돌이치는 현장을 피해왔다는 죄책감이었
다. 하지만 억지로 마음을 눌렀다. 다 잊자고, 동굴에 들어
간 곰처럼 1년만 고생하자고.

마침내 5월이 왔다. 전두환 신군부의 군사반란과 비상계
엄에 저항하는 시위가 격렬하게 폭발했다. 서울에서 친구

들의 연락이 왔다. 하지만 나는 책상을 떠나지 않았다. 그저 열심히 수학문제를 풀고 영어문장을 해석했다.

같은 달 14일로 기억된다. 낮 2시쯤이었다. 창문을 열어놓은 채 공부를 하고 있는데, 멀리 큰길에서 최루탄 터지는 소리가 났다. 그리고 골목을 뛰어가는 수십 명의 다급한 발소리. 창문 아래에서 찢어지는 듯한 여자의 비명이 들려왔다. 깜짝 놀라 고개를 내밀었다. 내려다보이는 바로 아래에서 전경들이 누군가를 곤봉으로 내려치고 있었다. 어린 여학생이었다. 이마 위로 선혈이 낭자하게 흐르는 것이 보였다.

그것을 지켜보는 순간 갑자기 머리 위로 피가 확 쏠렸다. 있어야 할 곳에 없었고 해야 할 일을 피했다는, 억눌린 자책이 터져 나온 것이리라. 나는 문제집을 접어 가방에 쌌다. 그것을 책상 위에 놓아두고 거리로 나섰다(계절이 바뀌고 나서야 그 가방을 되찾을지는 꿈에도 생각하지 못한 채).

대구 시내는 시위대의 물결이었다. 저녁이 되자 학생들은 경북대학교로 집결해서 철야농성을 시작했다. 북문 쪽 언덕배기 실내 체육관이 사람으로 가득 찼다. 그곳에서 그녀를 만났다. 두어 달 전 친구가 동아리 선배라고 소개한 경북대학교 간호학과 3학년생이었다. 밤새 시국토론이 이어진 끝에 다음 날 정오 대구역 광장에 재집결하기로 의견이 모였다.

귀가하니 아버지가 안 계셨다. 한숨도 못 잤지만 전혀 피곤하지 않았다. 메모도 남기지 않은 채 옷만 갈아입고 집을 나왔다. 약속된 낮 12시에 대구역 앞에서 그녀를 만났다. 그런데 정보가 새 나갔던 모양이다. 이미 광장은 전경대가 점령하고 있었다. 하나둘씩 모여든 학생들 숫자가 점점 줄어들고 있었다.

이래서는 안 된다 싶었다. 그녀와 함께 뜻을 모았다. 30분 후 반월당에서 시위대를 재집결시키자고. 그렇게 동성로 길을 거슬러 올라가면서 귓속말로 알렸다. "반월당 네거리." "다시 집결!"이라고. 재수하겠다고 내려온 놈이 시위 주동자가 되다니. 나중에 생각해보니 이것이 나의 운명이었다.

반월당 네거리에 천여 명의 시위대가 다시 집결했다. 대열의 선두에서 주먹을 높이 들었다. 집에 가서 갈아입은 옷이 아래위로 모두 흰색 점퍼와 바지였으니 오죽 눈에 잘 띄었겠는가.

구호를 선창했다. "독재 타도! 계엄 철폐!" 거대한 함성이 거리를 진동했다. 어깨동무를 한 대열이 계산성당을 향해 나아갔다. 중간쯤을 넘어서는데 전경대가 길을 막아섰다. 다시 봉산동 쪽으로 대열을 선회했다. 그런데 이미 반월당 방향에서도 길을 차단하고 밀고 올라오고 있는 게 아닌가.

겁먹은 시위대 한 명이 대열을 이탈했다. 그러자 썰물 빠지듯 대열이 와르르 무너졌다. 사람들이 큰길 옆 골목을 향해 달리기 시작했다. 어쩔 수 없이 나도 몸을 피해야 했다. 골목 안에는 뒤따라 진입한 전경과 시위대가 뒤엉켜 난투극을 벌이고 있었다. 그런 모습을 곁눈으로 스치면서 남산동 쪽 출구로 빠져나가려는 순간.

전경 대여섯 명이 여학생 하나를 짓밟고 있었다. 흘깃 여학생이 입은 옷이 눈에 띄었다. 연한 분홍색의 꽃무늬 원피스였다. 그날 그녀가 입은 옷.

왜 그랬을까. 정의감도 아니고 영웅심도 아니었다. 분홍색 원피스를 본 순간 그냥 몸이 저절로 움직였다. 뜀박질을 멈추고 발길을 되돌렸다. 돌아서자마자 검은색 방호복 전경의 등짝을 향해 온몸을 날렸다.

터진 입술, 멍든 얼굴로 잡혀간 곳은 (당시 사대부고 근처에 있던) 남부경찰서. 그녀를 포함해서 열두어 명 정도가 함께 끌려왔다. 그런데 경찰서 분위기가 이상했다. 잡혀온 학생들에게 한마디도 뭐라 하지 않았다. 형사들이 유치장 옆을 왔다 갔다 하는데 눈빛이 묘했다. 측은하다는 듯 우리를 쳐다보는 것이었다.

나는 옆에 있는 그녀에게 조용히 속삭였다. "그냥 훈방되는 것으로 끝나지 않을 것 같다. 그러니 너는 그냥 골목길을 지나다가 대열에 휩쓸렸다고 이야기해라. 절대 시위에 참여한 것이 아니라 해라." 도리질을 치던 그녀가 끝내는 그렇게 하기로 했다. 눈물이 글썽글썽해져서.

바라크에 피어오르던 붉은색 먼지

그녀가 풀려나간 것이 저녁 8시쯤. 밤이 깊어가는데도 경찰들의 아무런 대응이 없었다. 불안감이 커졌다. 자정이 다 되어갈 무렵 경찰서 마당에 트럭 한 대가 급정거하는 소리가 들렸다. 경찰이 유치장 문을 열더니 우리를 트럭으로 몰고 갔다.

지붕이 덮인 육군 트럭 옆, M16 소총에 착검한 군인들이 서 있었다. 신병을 인계받더니 모두에게 눈가리개를 씌웠다. 덜컹거리며 차가 출발했다. 초병의 암구호가 들리고 30여 분을 달리던 차가 섰다. 함께 탄 감시병이 눈가리개를 풀어줬다. 사방이 서늘하고 조용했다.

그때 갑자기 트럭 뒤쪽 덮개가 확 열렸다. 서치라이트가 쏟아져 들어왔다. 눈을 뜰 수 없을 정도로 강력한 조명이었다. 그리고는 "내려!"라는 짧고 나지막한 명령. 억지로 눈을 가늘게 뜨고 쳐다보았다.

나는 오싹 소름이 끼쳤다. 서치라이트의 역광 아래 트럭을 반원형으로 둘러싸고 수십 명의 군인이 도열해 있었다. 얼굴에 마스크를 쓰고 각자의 손에 1미터 가까운 곤봉을 들고. 트럭에서 굴러떨어지는 순간, 질근질근 씹듯이 낮은 목소리로 그들 중 누군가가 소리쳤다.

"이 개새끼들!"

욕설을 신호로 곤봉이 쏟아지기 시작했다. 군홧발이 옆구리를 강타했다. 숨이 턱 막혔다. 오물이 가득한 취사장 하수구의 시멘트 바닥을 높은 포복으로 기게 했다. 개처럼 등을 짓밟으면서. 순식간에 바지가 찢어졌다. 무릎의 살갗이 홀렁 벗겨졌다. 그리고 상상할 수 없는 폭력이 다음 날 새벽까지 이어졌다.

아침이 되자 만신창이가 된 몸으로 수용 바라크(baraque)에 내던져졌다. 지옥과 같은 장면이 펼쳐져 있었다. 강당을 개조한 가로 30미터 세로 60, 70미터 정도 되는 공간. 흐릿한 전등불 아래 풀썩풀썩 솟구치는 붉은색 먼지를 배경으로 백수십 명이 바닥에 널브러져 있었다. 맨 앞줄에는 팬티만 입힌 채 무릎 꿇어진 대여섯 남짓 남자들. (나중에 알고 보니) 대구 지역 대학교 학생회장들이었다. 그들의 등짝 피부 전체가 한 치 빈틈도 없이 새카맣게 죽어 있었다. 피멍이었다.

자해를 막기 위해 가장 먼저 허리띠와 신발을 압수했다. 수용 바라크 창문의 유리창을 다 빼버려서 텅 빈 공간으로 바람이 무시로 넘나들었다. 그곳(당시에는 구체적으로 어디인지 알 수 없었다. 풀려난 다음에야 50사단인 줄 알게 되었다)에서 석방된 것이 7월 초순. 두 달여에 가까운 암흑의 시작이었다.

그것은 어떤 서류도 영장도 없는 명백한 불법 감금. 내가 잡혀 들어간 날이 5월 15일이었고 그날 서울에서는 이른 바 '서울역 회군'이 일어났다. 30개 대학 10만 명이 모인 시위대가 해산한 틈을 노려, 한밤에 주요 대학 학생회가 공격을 당했고 연행자가 대거 발생했다.

그리고 다음다음 날인 5월 17일에 '비상계엄 전국확대 조치'가 발표되었다. 정권 찬탈이 개시된 것이다. 야당 정치인과 시위 주모자 체포가 대대적으로 진행되었다. 신군부가 짜놓은 치밀한 각본에 따른 진행이었던 게다.

마침내 5월 18일 광주민주화항쟁의 막이 열렸다. 공수부대원에 의한 잔혹한 시민살육. 그에 대응한 광주시민들의 자위적 무장. 수백 명의 희생자를 낸 9일 동안의 처절한 싸움 끝에 광주는 신군부의 발아래 처참히 유린당했다. 대한민국 민주주의의 불꽃이 완전히 사그라졌다.

당시 대구 시내에는 온갖 흉흉한 소문이 떠돌아다녔다 한다. 일순간에 종적도 없이 사라진 200여 명에 달하는 젊은이들. 그들의 생사가 알려지지 않았던 게다. 극단적 언론 통제 아래 광주에서 시민살육조차도 비밀에 부쳐졌던 시기였다. 그러니 군부대에 감금된 청년들에 대한 처우가 어떠했겠는가. 말로 다 하기 힘든 일을 그 안에서 겪었다.

거의 매일 보안사의 집요한 신문이 진행되었다. 나는 신분이 모호했다. 서울에서 대학 다니던 휴학생. 더구나 학보사 기자 출신. 그들 눈에 수상할 수밖에 없었다. 내가 가진 유일한 방패는 있는 그대로 사실을 말하는 것뿐이었다. 재수하려 고향 내려왔다. 어쩌다가 시위를 조직하게 되었다고.

새벽녘, 착검한 소총 뒤에서 새소리가 들렸다

굶어 죽지 않을 정도로, 정말 손바닥도 안 되는 음식만 주어졌다. 새벽에 깨어나 저녁에 잠들 때까지 끊임없이 가혹한 육체적 압박(군대에서 얼차려라 부르는)이 가해졌다. 바라크를 둘러싸고 3, 4미터 간격으로 착검한 군인들이 빙 둘러 감시를 한 것은 물론이고.

그러한 어느 날 새벽.

악몽에 시달리다가 더러운 매트리스 위에서 잠이 깨었다. 동이 휘뿌옇게 터오고 있었다. 바람이 사정없이 실내를 휩쓸고 지나갔다. 그런데 어디선가 무슨 소리가 들리는 게 아닌가. 바라크 주위에는 오래된 포플러나무들이 둘러서 있었다. 높고 기름한 그 나무의 가지 위에서 무슨 소리가 들려오는 거였다.

새소리였다.

이름을 알 수 없는 새 한 마리가 맑고 슬픈 소리로 울고 있었다. 신기한 일이었다. 잡혀 있던 동안 그 이전에도 이후에도 한 번도 그 같은 소리를 들어본 적이 없었기 때문에.

그 순간 내 머릿속으로 말도 안 되는 무엇이 들어왔다. "저 소리가 혹시 그분의 목소리는 아닐까"라는 생각이.

어떻게 그 상황에서 그런 마음이 떠올랐을까. 스스로 어이가 없었다. 나는 1년 반 이상을 그를 까맣게 잊고 살지 않았는가? 심지어 철저히 부인하고 저주까지 하지 않았던가? 설사 저것이 그의 목소리라 치자. 그렇다면 그이는 왜 이런 참혹 속에서 나를 찾아오신 것인가? 이 상황에서 도대체 나에게 무엇을 원하는가?

그럴 리가 없다고 나는 고개를 세차게 흔들었다. 그 엉뚱한 생각이 엷어지는 바라크 안의 어둠 속으로 서서히 사라질 때까지.

나는 7월 초순에 풀려났다. 주소지였던 서부경찰서의 서장실에서 신병인도가 이루어졌다. 간난신고 끝에 내 소재를 알아내셨고, 그 후 하루도 빠짐없이 자전거 끌고 50사단 정문 앞에 오셨던 아버지. 침묵하는 보초병에게 내 소재를 묻고 또 물었던 아버지는 마음이 떨리셔서 차마 그곳에 못 오셨다. 대신 막내 고모가 나를 데리러 왔다.

5월 15일에 갈아입고 나갔던 흰색 옷이 검붉은 잿빛으로 변했다. 나뭇가지처럼 바싹 마른 채, 무릎이 다 찢어진 피 묻은 바지를 입은 나를 보자마자 고모가 울음을 터뜨렸다. 경찰서장이 보든 말든 가방 속에서 두부를 꺼내더니 허겁지겁 나에게 먹였다.

　그해 봄의 사건은 당시 스무 살 내 인생의 행로를 완전히 뒤바꿔놓았다. 시간이 흐르면서 피비린내 나는 고통의 기억은 점점 엷어져 갔다. 하지만 그 후로도 오랫동안 나는, 그 새벽 내가 들었던 새소리를 잊지 못했다. 착검한 소총 뒤에서 들리던 그 소리는 도대체 누구의 목소리였을까.

겨울 산

폐허와 악령

석방 후 한동안은 쇠약해진 몸을 추스르는 게 우선이었다. 다행히 젊은 몸이었다. 회복이 빨랐다. 집 안에서만 지내던 한 달여가 지나자 외출을 시작했다. 내가 갇혀 있는 동안 광주에서 엄청난 사건이 일어났음을 알게 되었다. 철벽같은 언론통제 때문에 자세한 진상은 대중에 알려지지 않았다. 하지만 서울에서 내려온 친구를 통해 어렴풋한 이야기를 들었다. 그 봄 광주에서 무서운 일이 벌어졌다는 것을.

세계 10대 회고록으로 꼽히는 『이것이 인간인가』의 저자 프리모 레비. 이탈리아 출신의 유대인 화학자이자 작가인 그는 레지스탕스 활동을 벌이다 아우슈비츠 수용소에 갇힌다. 그리고 평균 생존 기간 3개월의 지옥을 뚫고 기적적으로 살아남는다. 레비는 자신처럼 홀로코스트에서 '살아남은 자'의 상태를 이렇게 묘사한다.

.

(인간의) 상처는 마르지 않는 악의 샘이다. 그것은 가라앉은 자들의 몸과 마음을 갈가리 찢어놓고 그들을 비굴하게 만들고 영혼의 빛을 꺼뜨린다.

레비는 1987년 스스로 손으로 목숨을 끊는다. 인간이 인간을 대량 살육하는 끔찍한 세상과 그것을 허락한 신 (神)에 대한 절망을 끝내 이기지 못하였기에. 도저히 납득할 수 없는 고통, 특히 그것이 저항불가의 거대한 악에서 뿜어져 나온 것일 때 고통은 이렇게 한 인간을 완전히 파멸시켜버리기도 하는 것이다.

내가 겪은 봄이 그러한 충격이었다. 모든 것이 달라졌다. 그때까지 믿고 있던 견고한 합리의 세계는 성전이 불에 타 잿더미가 되듯 사라졌다. 내가 의지해왔던 모든 사고체계가 무너지기 시작했다. 역사는 진전한다는 것. 사람의 모듬살이를 지배하는 것은 악(惡)이 아니라 선한 의지라는 것. 그러한 모든 신뢰가 파괴된 집처럼 폭삭 내려앉았다. 그 폐허 위에 지독한 악령이 시커먼 입을 벌린 채 웃고 있었다.

의지가지할 데가 없었다. 갈 곳이 없었다. 내 개인에 대해서는 그리하셔도 좋다. 하지만 이것은 범위와 의미 자체가 다르지 않은가? 지독한 폭력이 난무하는 세상, 수천수만의 몸서리치는 비명이 울려 퍼지는 이런 세상을 향해 신은 왜 침묵을 지키시는가? 만약에 그분이 계시다면 이렇게 피비린내 나는 세상을 만들고 그것을 온존시키실 리 있겠는가? 하는 생각이 나를 물고 뜯었다.

아무리 부정했어도 겨자씨만큼은 신에 대한 믿음이 남아 있었다. 하지만 그것조차 짜부라지듯 사라졌다. 그 빈자리를 절망과 허무가 차지했다. 이러할 때 자신을 파괴하지 않고 살아남기 위해 인간이 할 수 있는 것이 무엇이겠는가. 세상을 잊기 위해 세상을 탐닉하고, 밑바닥까지 스스로를 소진하는 일뿐이었다.

술을 마시기 시작했다. 돈이 없으니 깡소주가 대부분이었다. 푼돈이 생길 때마다 동네 선술집으로 갔다. 친구를 만날 때는 대구백화점 뒷골목으로 갔다. 2,000원짜리 싸구려 안주를 시켜놓고 거의 정신을 잃을 때까지 마셨다. 자포자기의 심정이었다.

그해 가을은 유난히 바람이 많이 불었다. 아버지와 내가 살던 집은 잡풀과 포플러나무 몇 그루가 서 있는 비산동 언덕 위. 아래쪽으로 경부선 철도가 지나는 곳이었다. 쓰러질 듯 빈약한 나무 기둥에 붉게 녹슨 양철지붕, 두 세대가 공동화장실을 쓰던 낡고 초라했던 그 집. 하지만 20평 남짓 마당이 있었고 어깨 높이 나지막한 블록 담이 있었다.

잠이 일찍 깨곤 했다. 그런 새벽이면 마당으로 나가 담벼락에 고개를 얹고 철로를 내려다보았다. 축축하고 차가운

안개가 점령군처럼 밀려왔다. 바람이 불면 안개 속에서 솟아오른 포플러들이 물고기가 몸을 뒤집듯 천천히 잎사귀를 뒤집었다. 청회색의 어둠을 가르고 멀리서 기차가 달려왔다. 그리고 마당을 우르르 뒤흔들고 멀어져갔다. 아득하고 쓸쓸한 날들이었다.

은하수가 쏟아지다

해가 바뀐 1월의 어느 추운 날. 인생이 가장 비참하던 겨울, 홀로 밤길을 걸었다. 칠곡군에 속한 산속 골짜기 한 초등학교에 선배가 근무했다. 그를 만나러 나선 길이었다. 골짜기 마을로 들어가는 마지막 버스를 놓쳤다. 할 수 없이 산을 넘어야 했다. 몇 번 걸어본 길이었다. 그믐밤이었지만 희미하게 길이 떠올라 보였다.

나지막한 산의 정상을 넘어가는데 숨이 찼다. 문득 고개를 돌려보니 산자락 천수답의 마른 논배미에 희뿌연 것이 보였다. 수확을 끝내고 묶어놓은 높이 1미터 정도의 네모반듯한 낟가리.

그곳에서 잠시 쉬어가기로 했다. 팔베개하고 벌렁 누웠다. 차가운 바람이 귓불을 얼리는 듯했다. 하지만 자근자근 땀이 배어나온 터라 오히려 볏짚의 감촉이 좋았다.

그렇게 하늘을 올려다보는 순간 나는 넋을 잃었다. 눈앞에 엄청난 것이 펼쳐져 있었던 것이다. 은하수였다.

어두운 밤 깊은 산속에서 하늘을 본 적이 있는가? 그곳에 펼쳐진 셀 수 없는 별들의 반짝임에 놀란 적이 있는가? 요즘은 대기공해 때문에 그런 모습을 찾기 힘들다. 하지만 그 시절에는 오염되지 않은 하늘이 있었다. 유리알처럼 쨍한 겨울하늘. 그곳에 펼쳐진 장대한 별들의 물결. 몸이 굳어버릴 만큼 압도적인 장면이었다.

그때 갑자기 머릿속에 이런 생각이 뛰어들었다. "은하수를 구성하는 저 별들은 하나하나가 거대한 은하계 자체. 그렇다면 저 많은 은하들이 어떻게 한 치의 충돌도 없이 제 갈 길을 가면서 완벽하게 우주를 구성하는 것인가? 저 가없는 별들이 과연 자연발생적으로 생겨났고 제 마음대로 움직이는 것일까?"

강렬한 부정이 솟아났다. 아닐 것이다. 누군가가 계실 것이다. 저 하늘과 별과 우주를 만들고 움직이시는 누군가가.

바로 그때 이상한 일이 일어났다. 수백만의 별들이 무슨 생명을 얻은 듯 기우뚱 기울어지더니, 파도처럼 일제히 내 눈 안으로 쏟아져 들어왔다. 그렇게 쏟아지는 별빛 속에서 어떤 목소리가 나에게 물어오는 것 같았다. 엄청나게 큰북이 울리듯 그 소리가 내 안을 가득 채웠다.

"네가 지금까지 어디에 있었느냐?"

산자락을 휘몰아가던 겨울바람 때문만은 아니었다. 소름이 돋아났다. 나는 낟가리에서 벌떡 몸을 일으켰다. 그리고 저절로 무릎이 꺾여 바닥에 엎드렸다. 입술을 떼려 해도 말이 나오지 않았다. 혀가 안으로 말려들어 성대를 막아버린 듯했다. 그저 입에서 흘러나오는 것은 웅얼거리는 신음뿐.

몸이 떨리기 시작했다. 그 떨림이 멈추지 않았다.

사춘기 시절, 곤궁과 절망에서 구해달라는 간절한 기도에 끝내 침묵하시던 당신. 모든 소망을 외면하시고, 내가 세상의 수레바퀴 아래 만신창이로 짓이겨질 때조차 침묵하셨던 존재.

그리하여 허물어지고 허물어져 인간이 할 수 있는 모든 노력이 끝난 자리, "어찌하여 나를 버리십니까"라는 처절한 고백이 나오는 자리에만 오시는 분.

그 목소리가 마침내 나를 찾아온 것이었다.

가족관계증명서

　1년 동안 방문교수를 나간다. 미국 대사관에 비자를 신청하는 데 필요하다 해서 가족관계증명서를 출력했다. 결혼하고 혼인 신고했던 주소가 등록 기준지다. 남산 아래 35번 버스 종점 근처, 후암동 옛집의 주소가 '두텁바위로'라는 도로명으로 바뀌었다.

　그 아래로 가족사항이 쭉 나온다. 우리 식구만 나오는 줄 알았다. 그런데 중간쯤에 아버지와 어머니 함자가 적혀 있는 것이다. 내가 일곱 살 때 돌아가신 어머니, 마흔 살 때 돌아가신 아버지. 까맣게 잊고 살던 부모님 이름을 대한민국 정부가 발행한 공문서 위에서 발견한 것이다.

　왜 이런지 모르겠다. 출생연월일도 주민등록번호도 없어진, 그저 덩그러니 종이 위에 적힌 두 분의 이름을 보는 순간 갑자기 마음이 조이는 듯 아파온다. 눈물이 복받친다.

　어머님은 아스라한 기억밖에 없다. 초등학교 입학식 때 왼쪽 가슴에 맨 손수건을 고쳐주시던 다정한 손길. 내가 여섯 살 땐가 어머니는 멀리 칠곡군 천평에서 식당을 하셨

다. 엄마가 보고 싶어 혼자 버스 타고 찾아가다가, 버스 차장이 엉뚱한 곳에 내려주는 바람에 십리 길을 걸었다. 여름 땡볕을 걷고 또 걸어 발갛게 익은 채 식당에 들어서자, 깜짝 놀라 나를 품에 꼭 안고 뒤안 우물로 데려가 씻겨주셨던 기억.

그러나 내가 고등학교 1학년 때 환갑 맞으신 아버님 기억은 생생하다. 홀로 되신 후 형과 나를 키우느라 환갑 잔칫상도 못 차린 아버지. 그해 5월, 재수하겠다고 내려온 아들이 두 달 동안 행방불명되었을 때 물어물어 내가 잡혀 있던 곳을 찾았던 아버지.

벨트도 뺏기고 신발도 뺏겨 피가 엉겨 붙은 맨발로 줄줄이 고개 숙여 앞사람 등 짚고 화장실 갈 때였지. 착검한 병장 한 사람이 대학 선배라면서 귓속말로 속삭였다. 아버지가 매일 부대 앞으로 찾아와서 내 생사를 묻는다고.

그렇게 세상 먼지 속에 뒹굴며 무던히도 속 썩이던 막내 아들이 지방대학이지만 그래도 교수가 되었을 때, 아버지는 치매가 오셨다. 그리고 한 해도 지나지 않아 혼수상태 속에서 임종을 맞으셨다. 장례 마지막 밤, 파티마병원 영안실에서 밤새 당신 사진을 바라보며 내가 했던 맹세들이 있었는데, 이제는 그것조차 세세히 기억이 나지 않아요, 아버지.

'김자 용자 태자' 내 아버지, '변자 남자 순자' 내 어머니. 정말 미안해요, 이렇게 살아서. 두 분을 이렇게 까마득히 잊고 살아서.

그의 삶

서가에 숨은 책을 찾지 못해 도서관에서 『관촌수필』을 다시 빌렸다.

이미 서너 번은 읽은 '공산토월(空山吐月)' 대목을 펼쳐 읽는다. 옹점이나 대복이도 그렇지만 소설 속에서 가슴에 가장 생생히 남는 사람은 석공(石公)이다.

석공은 은인으로 모시던 주인공 아버지가 사상범으로 수감된 경찰서에 하루 세 번 직접 사식을 차입하면서 십리 길을 쉬지 않고 뛰어가던 사람이었다. 그러한 자신을 걱정해주는 말에 "진지가 식을까 봐 그러지유"라고 답하던 사람이었다.

빈 산 위에 뜬 달이 세상을 비추듯 눈살 찌푸리며 모두 외면하는 동네 궂은일에, 오히려 남들 꺼려하는 험한 노동일수록 정성과 땀을 바치던 충심의 인물이었던 게다.

오늘 '공산토월'을 읽으면서 내 마음이 저린 것은, 그렇게 선한 석공의 모습 위에 깡통 두들기던 거지를 기다리게 했다가 굳이 뜨거운 밥 주시던 내 어머니의 모습이. 평생

을 가까운 이에게 속임받았지만 한 번도 남 원망할 줄 몰랐던 바보 같은 내 아버지 모습이 겹쳐서 떠올랐기 때문이다.

진짜 이유는 이것이었다. 그런 부모의 피를 이어받은 내가 어찌 이토록 메마른 인간이 되었는가. 석공에야 감히 비교할 수 있을까마는, 그 천 분의 일조차도 남의 아픔 품지 않는 인간이 되었는가.

그 시절 꿈꾸었던 석공의 삶에서 도대체 '나는 얼마나 멀어진 것인가'라는 회한 때문에 내 마음이 그렇게 힘들었던 모양이다.

아들과 함께한 촛불집회

생각해보면 나는 턱없이 모자란 아비였다. 주어야 할 사랑은 부족했고 욕심이 앞서 엄하기만 했다. 다른 부자들처럼 목욕탕 같이 간 경험도 사춘기 이후로는 드물었다. 왜 그리 칭찬은 드물었고 꾸중은 많았던가.

돌이켜보면 덧없는데, 때로는 먹고사는 핑계로 때로는 세상의 명분을 쫓느라 아이들에게 시간을 내지 못했다. 그것이 미안해 아들 녀석만 생각하면 늘 마음이 짠하다.

11월 12일 광화문 집회는 그런 의미에서 우리 부자에게 감격스러운 사건이었다. 오후 4시에 시청광장 건너편 플라자호텔 입구에서 만나기로 했다. 그런데 길이 막혀 대학로에서 출발한 우리 시위행렬이 우회해서 세종문화회관 앞으로 갈 수밖에 없었다.

4시 좀 지나 시청역에 내린 아들 녀석이 전화를 걸어왔다. 광장으로 나가는 계단이 완전히 막혀 있다고. 충정로역으로 다시 돌아가 거기서부터 걸어서 광화문으로 가겠다고. 장소를 바꿔 다시 약속을 잡았다. 그때부터 교보빌딩 앞

사거리에서 2시간 반을 기다렸다.

어리버리한 아비가 교보 앞 비각(碑閣)을 종로2가 보신각으로 착각해서 위치를 잘못 가르쳐준 탓이다. 아들은 사람으로 발 딛을 틈도 없는 광화문을 뚫고 보신각 앞까지 갔다가 다시 교보빌딩으로 돌아왔다.

타고난 온유한 성품 그대로 녀석은 조금 지친 기색일 뿐 한마디 짜증도 부리지 않았다. 몇 달 만에 만난 아들의 등을 두들기며 인파를 뚫고 앞으로 앞으로 걸어갔다. 그렇게 새벽 1시를 넘긴 시각 녀석의 원룸에 돌아왔다.

아들과 함께 걸으면서 만감이 교차했다. 모든 아비들이 그렇겠지. 일그러진 세상을 분노하고 이런 세상의 구조를 고쳐야겠다고 새삼 마음먹는 이유의 90퍼센트 이상은 자식 때문일 게다. 자식들만큼은 조금이라도 내가 살아온 것보다 더 인간다운 세상, 조금이라도 덜 정글 같은 세상에서 살았으면 하는 간절한 바람 말이다. 세상이 그렇지 못하기에, 아니 더욱 악해지고 야비해져 가기에 아비들이 마침내 광장에 나서는 것이다.

서로 카톡만 몇 개 주고받았을 뿐 일주일이 지났다. 주말에 일이 겹쳐 어떻게 될지 모르겠다. 하지만 어떻게든 이번 토요일도 서울에 갈 수 있으면 좋겠다. 무뚝뚝한 우리 부자지만, 다시 한목소리로 외칠 수 있었으면 좋겠다.

이제는 어른과 어른의 관계가 되어, 동지의 마음이 되어.

새 학기의 꿈

대학 졸업반 시절, 내 꿈은 남자고등학교 선생이 되는 것이었다.

후끈한 땀 냄새 풍기며 몸과 마음이 쑥쑥 자라나는 아이들. 학교라는 새장 속에 갇힌 그 터질 듯한 에너지에 물꼬를 터주는 일. 힘들고 괴로울 때 쉴 수 있는 벤치가 되어주는 일. 그게 나의 천직인 것 같았다.

장식장에 진열된 보석 아닌 것은 모두 돌멩이로 취급하는 부박한 세상. 그러나 장대한 건물의 기초석이 되는 건, 반짝이는 보석이 아니라 큰 돌멩이라는 걸 아이들에게 가르치고 싶었다.

에둘러 먼 길을 돌아왔다. 그리고 사춘기는 지났지만 아직 어른은 되지 않은 사람을 가르치는 직업이 되었다.

개학이다. 알 수 없이 크고 환한 힘으로 캠퍼스가 웅성인다. 점심 먹고 돌아오다 하늘을 바라보았다. 편의점 앞 의자에서 재잘재잘 새처럼 노래하는 아이들을 가만히 쳐다보았다.

그 순간 내 마음이 이렇게 말해왔다. 더 열심히 살아라. 더 따스하게 가르쳐라.

약한 자 짓밟으며 살지는 말되 포악한 자에게 짓밟히지도 않는, 용기와 지혜를 아이들에게 주어라.

오랫동안 네가 꾸어왔던 꿈처럼.

인연의 무게는 얼마나 되는 것일까

1

김영하의 『여행의 이유』를 읽었다. 책을 넘기다가 문득 깨달은 것은 내가 이 유명한 소설가의 작품을 지금껏 하나도 안 읽었다는 사실이었다. 지난 십몇 년 동안 한국 문학에 대하여 얼마나 심각하게 외면했던가를 스스로 검증한 셈이다.

잘 읽히는 책이다. 뉴욕 센트럴파크에서 오디세이아의 외눈박이 괴물 키클롭스(Cyclops)에 이르기까지 스토리텔링이 대단하다. 문장이 유려하면서도 과하게 무게를 잡지 않는다. 그렇다고 몰입이 어려울 정도로 냉정하지도 않다. 그의 책이 왜 잘 팔리는가의 이유가 분명했다.

우리는 지구라는 별에 잠시 머물다 가는 여행자라는 것. 그러니 낯선 곳에 도착한 다른 사람들을 따뜻하게 반겨주라는 것. 그들이 떠날 때까지 편하고 즐겁게 지낼 수 있게 도와주라는 것. 이것이 직업군인의 맏아들로 태어나 평생 떠도는 여행의 삶을 살아온 김영하가 몸으로 배운 인생의 비밀이었다.

하지만 정작 내 마음을 흔든 것은 본문 글이 아니었다. 말미에 붙은 「작가의 말」이었다. 거기에 자기 가족(주로 아버지)이 키웠고 세상을 떠나보낸 반려견 이야기가 나왔던 게다. 암에 걸려 일어서지도 못하는 마르티스를 동물병원에 데려간 사연. 차마 함께 들어가지 못한 아버지가 안락사를 마치고 병원 문을 나온 작가에게 던진 다음의 말.

"참 못할 짓이다. 이제는 이런 일, 더는 못할 것 같다."

마음 준 존재와 영원한 이별을 하는 고통을 압축한 말이다. 김영하는 이렇게 덧붙인다. 사람보다 수명이 훨씬 짧은 개와 고양이를 반려라고 생각하면 너무 애달프다고. 무슨 반려들이 이토록 자주, 먼저 떠나느냐는 게다. 마루의 커다랗고 순한 검은 눈동자가 내 눈앞에 떠오른 건 그 순간이었다.

2

수원역에 내려 다시 택시를 타고 한참 들어간 변두리 동네. 캐벌리어 동호회에서 분양 공고를 봤을 때만 해도 반드시 강아지를 들이겠다고 결심한 것은 아니었다. 서울 세미나 다녀오는 길에 수원행 표를 끊은 것도 한번 구경이나 해보자는 마음에서였다. 하지만 피하지 못할 인연은 결국 만나게 되는 거였다.

기억에 선하다. 뿌옇게 김이 서린 유리 미닫이문을 열고 들어서자 올망졸망 뛰어다니던 강아지들이 딱 동작을 멈추었다. 그리고 12개의 눈망울이 일제히 낯선 이를 향했다. 태어난 지 6주 정도 되었다고 했다. 어떤 녀석은 금방 고개를 돌리고 다시 장난질, 어떤 녀석은 낑낑대며 의자 아래로 숨었다.

그중 하나가 꼬리를 흔들며 구르듯 내게 다가왔다. 흰색, 검은색, 밤색의 긴 털이 부드러운 트라이컬러의 캐벌리어 킹 찰스 스패니엘 수놈. 앞발을 잡아주니 낑낑 뒷다리로 힘을 주고 나를 빤히 쳐다본다. 까맣게 반짝이는 보석 두 개가 거기 있었다.

그렇게 마루를 만났다. 주인이 마련해준 강아지 가방에 녀석을 넣고 부산까지 KTX를 탔다. 강아지 가운데는 유난히 멀미를 타는 녀석들이 있다. 마루가 그랬다. 집에 도착해서는 기진맥진 뻗어버렸다. 그리고는 저녁부터 다음 날 아침까지 계속 잠을 잤다.

3

성품이 어진 녀석이었다. 낯선 이를 봐도 짖을 줄 몰랐다. 정이 차고 넘쳐서 아들과 딸아이를 혀로 핥아주는 게 일상이었다. 하지만 점잖고 착한 표정 뒤에는 넘치는 에너지도 있었다. 산책을 하면 아무리 "천천히"를 외쳐도 목줄이 팽팽해지도록 줄기차게 앞으로 밀고 나갔다.

산책시간은 주로 늦은 밤. 아파트 근처 아이들이 다니던 초등학교가 목표지였다. 교문을 지나 운동장에 이르러 목줄을 풀어준다. 그러면 마치 로켓처럼 맹렬히 땅을 박차고 뛰었다. 뒤쪽에서 먼지가 풀썩이며 일어날 정도로.

마루가 우리와 같이 산 것은 1년 반 정도. 그러다가 도저히 키울 수 없는 사정이 생겼다. 수소문 끝에 한 다리 건너 아는 선생님이 아메리칸 코카 스패니엘 암컷을 키우고 있다는 이야기를 들었다. 그 강아지의 동반자가 필요하다는 거였다. 산과 강이 있는 부산 외곽의 마당 있는 단독주택. 거기서 오랫동안 강아지를 키운 경험이 있는 분이라고 했다. 안심이 되었다.

억지로 아이들에게 동의를 구하기는 했다. 하지만 마루가 집을 떠나는 날은 차마 아이들에게 모습을 보여주지 못했다. 녀석이 떠난 후 초등학생 딸아이가 받은 충격이 컸다. 말수가 적은 오빠는 덤덤한 듯 보였다. 하지만 몇 년이 지나 내게 한 다음 말을 보면 결코 범상히 마루를 보낸 것이 아니었다.

"저는 앞으로 절대 강아지 안 키울 거예요."

4

선생님과 자주 전화를 할 만큼 친한 사이는 아니었다. 드물게 통화할 때도 마루 이야기는 한 번도 묻지 않았다. 남의 집에 갔으니 그 집 식구로 잘살아야 한다는 표면적 이유 때문이었다. 그러나 사실은, 소식을 알면 마음이 아프고 힘들어질 것 같아서였다.

잘 지내는지, 새로 만난 강아지랑은 싸우지 않는지, 아프지는 않는지. 마루가 우리 집에 온 둘째 날 찍은 사진. 액자 속에서 빤히 나를 쳐다보는 녀석의 눈동자를 보면서 잘 있겠지 잘 있겠지 그렇게 궁금증을 달랬다.

녀석을 키워주신 선생님께 전화를 한 것은 작년 가을이었다. 마루 나이가 열두 살은 되었을 터. 강아지의 수명이 짧으니 혹시 마지막으로 얼굴이라도 한번 보고 싶다는 생각이 들었기 때문이다. 처음 자그맣게 마음속에 들어온 그 생각이 커지고 커져서 억누를 수 없게 되었다. 녀석이 내 얼굴을 알아나 볼까. 왜 이제야 왔냐고 원망하지는 않을까. 복잡한 심정으로 휴대폰 버튼을 눌렀다.

5

발신음이 들리고 선생님이 전화를 받았다. 짧게 인사를 나눈 후 선생님이 작은 목소리로 물어왔다.

"혹시 마루 때문에 전화하신 건가요?"

"예 어떤지…."

선생님의 목소리가 물기에 젖어 들었다. 암컷 강아지가

3년 전에 집 앞에서 차에 치어 무지개다리를 건넜다고. 마루는 그 후에 암이 발견되어 수술을 했다고.

"지금은요?"

암컷이 세상을 떠난 후 1년 정도 지나 마루가 집을 나갔다고 했다. 그리고 다시는 돌아오지 않았다는 게다. 야생의 늑대는 죽을 때가 되면 스스로 알아서 무리를 떠난단다. 주위에 폐를 끼치지 않기 위해 아무도 모르는 곳에서 자기 생을 마감한다는 것이다. 강아지 중에도 그런 녀석이 있다고 덧붙이신다. 아마 마루도 그렇게 산속으로 들어갔을 거라고.

휴대폰을 잡은 내 손이 떨렸다. 머릿속이 멍하니 할 말이 잘 생각나지 않았다. 그저 더듬거리며 이렇게 말씀을 드렸다.

"선생님 그동안 잘 키워주셔서 고맙습니다. 정말 고맙습니다."

6

김영하의 말이 맞다. 한 생명을 만나 인연을 맺고 그것을 떠나보내는 것은 참으로 못할 짓이다. 더구나 그 인연을 내 품에서조차 끝맺지 못하는 것은.

언젠가는 우주의 아득한 시공간 속에서 마루를 만나게 될 것이다. 그러면 나는 녀석에게 뭐라고 용서를 빌어야 할까. 우리에게 와줘서 고맙다고, 그렇게 너를 보내서 미안하다고. 그때도 녀석은 괜찮아요, 환하게 웃으며 꼬리를 흔들어줄까.

아래는 마루의 사진이다.

보이지 않는 손*

보이지 않는 손(invisible hand)이란 개념은 애덤 스미스
의 『국부론』(1776)에서 나왔다. 세상의 모든 경제주체가
각자의 이기심에 따라 무한경쟁을 펼치게 되면, 시장기구
라는 보이지 않는 손이 공동체 전체에 부와 번영을 가져다
준다는 견해였다.

존 메이너드 케인스에 의해 『자유방임의 종언』(1926)이
발표되기 전까지 자본주의 경제를 풍미했던 이 이론은 경
제 대공황으로 결정적 괴멸을 맞이하게 된다. 그 후 정부
가 적극적으로 민간경제활동에 관여하는 이른바 후기자본
주의가 등장한다.

---

* 해넘이 술을 한잔하고 집으로 걸어왔다. 취한 것일까 아니면 차가운 겨
울바람이 머릿속을 헤집어 놓아서일까. 친구들에게 송년인사를 써보려
했는데 머리도 손도 말을 안 듣는다. 대신 이 글이 생각났다. 문장을 쓴
것은 내 나이 30대 중반, 한국 경제가 IMF 구제금융 사태를 맞닥뜨리기
1년 전이었다. 그러한 이십수 년 동안 많은 일들이 일어났다. 하지만 돈
이 사람들의 주인으로 군림하며 기쁨과 슬픔과 심지어 목숨까지 제 것
처럼 휘두르는 세상의 모습은 얼마나 바뀐 것일까.

하지만 지금 내가 이야기하는 '보이지 않는 손'은 위와 같이 딱딱한 내용은 아니다. 오히려 그 함의에서 전혀 반대의 위치에 있다. 우리 사회를 떠받치는 기둥이지만 좀체 눈에는 보이지 않는 어떤 '손'을 말하는 것이다.

오늘 아침은 어제보다 날씨가 풀렸다는 기상대 발표였다. 그래도 귓불이 얼어붙는 날씨는 여전해서 라디오에서 흘러나오는 아침 기온은 영하 6.4도. 회사에 출근하려면 주차장에서 나와 육교를 하나 건너야 한다. 겨울 아침 7시께의 거리는 비껴드는 가로등 불빛에도 불구하고 상당히 어둑하다. 골목에서 나와 육교의 오르막 계단이 보이는 지점에 이르러서였다. 코트 깃을 올리고 종종걸음치는 내 눈에 계단에 엎드린 한 사람의 등이 보였다.

가까이 가서 보니 머리에 수건을 두르고 겹겹이 걸친 겉옷 아래 '몸빼바지'를 입은 아주머니가, 어제 내린 눈이 녹아 계단에 얼어붙은 얼음을 긁어내고 계신 것이 아닌가? 얼굴이 얼얼한 바람 속이었다. 계단 중간에 멈춰 서서 아주머니의 구부린 등을 내려 보았다. 그 순간 길쭉하고 넙적한 쇠긁개로 얼음을 깎아내는, 때 묻은 면장갑에 덮인 아주머니의 손이 눈에 와서 꽂혔다.

해뜨기 전 미명인데다가 칼날 같은 바람을 이기려고 머리를 거의 덥다시피 한 수건 때문에 아주머니의 얼굴은 잘 안 보였다. 그저 수그린 얼굴에서 후후~ 쏟아져 나오는 하얀 입김만이 눈에 띌 뿐. 그이의 직업이 무엇인지, 왜 이렇게 이른 아침에 난간의 얼음을 청소하고 계시는지도 잘 알수 없었다. 공공기물인 육교이므로 근처 빌딩에 근무하시는 분은 아닐 테고, 그렇다고 환경미화원 복장도 아니었으니 말이다.

내려가는 계단 중간 참에 멈춰 서서 건너편을 한참 동안 쳐다보았다. 그제야 아하, 환경미화원인 남편 일 도와주러 나오신 분 아닌가 하는 생각이 들었다. 함께 일을 돕는 미화원 부부 이야기를 어디선가 읽은 듯해서 말이다.

계단을 내려와 회사 건물에 들어왔다. 엘리베이터를 타고 올라와 자리에 앉았다. 일찌감치 난방이 들어와 훈훈해진 사무실. 하지만 머릿속에 자꾸만 칼바람 속에서 일하던 아주머니의 모습이 떠올랐다.

특히 면장갑에 싸여 얼음긁개를 잡은 손이 생각났다. 인적도 없이 꽁꽁 얼어붙은 겨울 아침의 육교. 어둑어둑한 계단 한 모퉁이에 엎드려 혹시라도 사람들이 미끄러질까 봐 열심히 얼음을 깎아내던 아주머니의 '보이지 않는 손.'

문득 이런 생각이 뛰어들었다. 컴퓨터를 켜고 자판 두들기는 나의 따스한 자리조차도 저렇게 추위에 곱아든 보이지 않는 노동의 손이 있어 비로소 가능한 것은 아닌가?

관념으로만 따지자면, 세상에 가진 것이라곤 하나뿐인 육체와 지식을 팔아 살아가는 노동의 하루하루에 있어 나와 아주머니의 그것이 무슨 본질의 차이가 있을까. 새벽에 나와서 밤중에 들어가는 곤고한 봉급쟁이 생활을 언필칭 누리는 자의 그것이라 말할 수는 없을 게다. 격무와 스트레스에 시달리는 내 봉급 노동자 생활을 선택받은 자의 그것으로 참칭하는 위선을 부리려는 것도 아니다.

그럼에도 불구하고 상대적으로 내가 누리는 이 같은 편안함과 따스함은, 눈에 일일이 보이지는 않으나 틀림없이 나보다 훨씬 가혹한 누군가 노동의 희생 위에 이루어지고 있다는 생각을 지울 수 없었던 것이다. 나의 상대적으로 따스한 일자리를 종국에 가능케 해주는 수많은 보이지 않는 손. 아까 본 아주머니 손에 겹쳐서 자꾸만 그러한 손들이 떠올랐던 게다.

한 해가 저물고 또 한 해가 다가오는 시점이다. 지난 1년 동안 개인과 사회가 겪은 많은 일에 대한 반성과 다짐이 오가는 때다. 국민을 절망의 나락에 빠트린 이 썩어빠진 정치경제에 대한 분노와, 새로운 변화를 향한 시민으로서 소박한 각오가 필요할 것이다. 내 삶을 온전하게 지탱해준 가족과 친구들에 대한 감사의 마음도 마찬가지다.

그러나 나는 이 아침 또 다른 한 가지를 마음속에 추가해야겠다고 결심한다. 더할 것도 뺄 것도 없이 똑같은 사람의 입장에서 최소한의 삶을 위해 나보다 더 땀 흘리는 우리 이웃들에 대하여. 내가 훈훈한 실내에서 송년(送年)의

술잔을 들고 있던 순간에도, 그러한 훈기를 위해 꽁꽁 언 채 얼음깎개질을 멈추지 않는, 아니 멈출 수 없는 수많은 보이지 않는 손에 대한 감사를 말이다.

그러므로 우리 사는 세상의 불평등하게 일그러진 모습을 조금이라도 정직하게 바라보려는 이에게 "모두가 따스한 연말연시를"이라는 기원은 낯간지러운 수사가 될 것이다. 연말연시를 맞이하는 나의 마음은 조금은 다른 기원을 드리려 한다.

우리를 위해 더 고생하는 손들이 있음을 기억하게 하소서. 그들의 곤고한 노동을 명증히 인식하게 하소서. 그리하여 종내 이 땅이 힘든 노동의 가치를 으뜸으로 인정하고 노동하는 이의 존재를 존경하는 '사람의 세상' 되게 하소서.

다시 창밖을 내다보니 거리에는 사람들이 훨씬 늘어나 있고, 멀리 육교 계단에는 아주머니의 모습이 보이지 않는다. 부디 내가 마주친, 얼굴도 보지 못한 아주머니댁의 지붕 밑에도 세밑의 따스한 희망과 평화가 가득하시기를 빌어본다.

접시에 휴지를 깔았다
물을 조금 뿌리고 그 위에 무순 씨앗을 올려놓았다
새까만 씨앗이 그저께부터 싹을 틔우기 시작했다

문득 놀랐다

모든 새싹이
햇빛이 들어오는 창문 쪽으로 고개를 돌리고 있는 게다
그중에서도 유독 기울어진 녀석이 하나

우리도 그렇다
마음을 주는 사람을 향해 저리 기울어지는 것이다

2장

내가 만난 사람들

광야에서 울리는 목소리 ─ 성내운

　　인터넷 서핑을 하다가 '바람구두연방의 문화망명지'라는 사이트를 알게 되었다. 《황해문화》 전성원 편집장의 개인 사이트다. 무심코 들렀는데 두 번 놀랐다. 첫 번째는 문학, 미술, 사진, 영화 등 콘텐츠가 방대해서 놀랐다. 두 번째는, (이런 규모의 콘텐츠는 대개 무작위로 수집한 것들이 많은데) 대부분 내용이 웹사이트 주인 손으로 직접 쓰여진 것처럼 보여서 놀랐다.

　　그런데 오늘 그 웹사이트에서 성내운 선생이 지으신 동시를 보았다. 까마득히 잊고 살던 무엇이 핀처럼 내 마음을 찔러왔다.

　　성내운(成來運)….

　　입안에서 선생의 함자를 조용히 불러본다. 내가 다니던 학교의 은사도 아니요, 그에게서 과목을 배운 바도 없다. 군대 다녀와서 복학한 1984년. 철과 피의 강압통치를 계속하던 전두환 정권이 유화 제스처로 소위 학원 자율화를 실시한 첫해였다. 한 잡지사의 청탁을 받아 선생을 인터뷰

한 것이 인연의 시작이었다.

선생이 살고 계신 낡은 여의도 시범아파트에서 이뤄진
인터뷰. 그는 당시 두 번째 강제해직(한번은 유신정권, 그 당
시는 전두환 정권)을 당한 야인 신분이었다.

나는 한나절 동안의 인터뷰 내내 강렬한 인상을 받았다.
선생에게는 약대의 털을 두르고 석청을 씹으며 광야에서
외치는 어떤 예언자의 모습이 있었다. 그는 교육자이기 전
에 뜨거운 열정으로 사람 마음을 움직이는 시인의 영혼을
가진 사람이었다.

선생이 들려주신 이야기 가운데 나를 가장 감동시킨 대
목은 다음과 같은 것이었다.

제가 소학교를 졸업했을 때 집안이 너무 가난해서 도저히

중학교 월사금을 낼 수가 없었지요. 그래서 당시 고향 충청도에서 돈 안내고 다닐 수 있는 학교를 찾았는데, 그게 일본인 학교였어요.

한 번이라도 우등상을 놓치면 장학금이 안 나오기에 정말 필사적으로 공부를 할 밖에 도리가 없었지요. 그러니 학기마다 우등을 도맡아 한 우등생이 될 수밖에요. 한마디로 일제의 식민지교육을 한 치의 의문 없이 머릿속에 쏙쏙 받아들인 모범생이었지요.

당시 담임을 맡으신 분은 오카모도라는 이름을 가진 일본인 선생님이셨습니다. 그런데 어느 여름날 오카모도 선생님이 기숙사에서 공부하던 저에게 자기 집으로 찾아오라는 전갈을 주셨어요. 내가 무슨 잘못을 해서 그러는가 싶은 생각에 허둥지둥 선생님댁을 찾았지요.

문을 열고 들어가니 집 안은 물처럼 조용한데, 선생님이 방 한가운데 일본정장을 입으시고 무릎을 꿇은 채 앉아계신 게 아닌가요? 깜짝 놀라 덩달아 무릎 꿇은 10대 소년에게 그 일본인 선생님은 이렇게 충격적인 말씀을 들려주셨습니다.

"나는 선생이기 이전에 하나의 인간으로 자네에게 충고한다. 자네는 지금 제 나라를 힘으로 강점하고 총칼로 수탈하며, 백성의 목숨을 임의로 처분하는 침략자를 찬양하는 교육을 받고 있다. 자네가 진정 사람의 길을 걷고자 한다면 지금 학교를 자퇴해라. 그리고 네 민족을 위한 옳은 길을 찾아서 그 길로 떠나라!"

말씀을 계속하는 성내운 선생의 눈이 아득히 깊어졌다.

돌아오는 길은 마치 술이 취한 듯 휘청거렸어요. 열몇 살짜리 까까머리 중학생에게 오카모도 선생의 말씀은 감당 못할 만큼 충격적이었던 것이지요. 어떻게 기숙사 방에 돌아왔는지도 모를 지경이었어요.

그런데 그 정신적 혼란 속에서도 어떻게든 나이 어린 제자에게 차마 하기 힘든 인간의 충고를 해주신 선생님의 말씀은 따라야 한다는 결심이 점점 굳어지더군요.

문제는 말이지요, 당시 제가 다니던 학교의 장학생은 임의로 자퇴할 권리가 없었습니다. 그건 심각한 범죄행위에 해당되는 것이었어요. 들어올 때 그런 약조를 하고 입학한 이상 철저하게 일제 신민으로서 식민지교육을 이수하라는 일종의 노예계약 같은 것이었습니다.

학교를 그만둘 수 있는 단 하나의 방법은 심각한 질병에 걸렸다는 진단서를 첨부하는 길뿐이었습니다. 고민 고민 끝에 저는 휴일을 빌려 큰누이의 집으로 갔습니다. 그리고는 뒤안으로 가서 간장독을 열고 조선간장을 큰 한 바가지 펐어요. 숯이 둥둥 떠 있던 그 짜디짠 조선간장. 저는 숨도 쉬지 않고 간장 바가지를 단숨에 마셨습니다.

어디선가 들은 말이 있었기 때문이죠. 간장이나 고추장 같은 것을 순식간에 많이 먹으면 마치 폐결핵에 걸렸을 때와 같은 증상이 나타난다는 것이었어요. 당시에 가장 무서운 병이 폐결핵. 그 증상과 유사한 고열과 기침이 끊임없이 계속된다는 거였는데, 실제로 간장 한 바가지를 먹고 학교로 돌아온 저는 곧바로 신열에 들뜬 채 혼수상태에 빠져들었습니다.

정신이 들고 보니 학교 의무실이더군요. 교의가 청진기를 갖다 대고 진찰을 했습니다. 제 어린 마음은 '부디 폐결핵 진단이 내려지기를'이라는 소망뿐이었지요. 그러나 교의는 단지 일주일간의 입원 안정을 처방 내릴 뿐 더 이상의 진단은 내리지 않았습니다. 소년이었던 저는 더 이상의 시도를 할 수는 없었습니다.

고개를 들어보니 말씀을 마치신 선생의 눈이 어느새 발갛게 젖어 있었다. 내 눈도 역시 그러했고.

그는 이렇게 말했다. 그해 여름, 제자가 참 길을 걷기를 희구하는 간절한 마음에 한 식민지 소년에게 인간의 충고를 해준 일본인 선생과의 만남이 자신의 인생을 결정지어버린 일대 계기였다고. 그리고 나지막한 목소리로 나에게 이런 말을 들려줬다. 그 말이 내 안에 들어와 지금도 살아있다.

"현실에만 머무르지 마십시오. 참 인간의 길을 걷기 위해서라면 때로는 그것을 버릴 수도 있어야 합니다."

발행된 잡지를 들고 다시 선생을 찾은 날. 육순이 넘은 노선생과 20대 청년은 (사모님이 덥혀주신) 청주 됫병 하나를 다 비우며 통음을 했다. 잔을 건네면서 선생은 신동엽의 「산문시 1」을 암송해주셨다.

> 스칸디나비아라든가
> 뭐라구 하는 고장에서는
> 아름다운 석양대통령이라고 하는
> 직업을 가진 아저씨가
> 꽃 리본 단 딸아이의 손 이끌고
> 백화점 거리 칫솔 사러 나오신단다.

낭송을 듣는 나의 심장이, 포기할 수 없었던 내 나라에 대한 꿈처럼 따스한 낙관으로 부풀어 올랐던 것은 당연한 일이었다. 자정이 다 된 시각, 버스가 끊어져서 원효대교를 걸어서 넘으면서도 내내 선생의 목소리가 귀에 맴돌았다.

성내운 선생의 시 낭송은 당대의 화제였다. 암흑의 시대였던 1980년대 초중반 민주화 모임의 꽃이었다. 김지하, 문익환, 신경림의 시가 맑으면서도 굵은 선생의 저음으로 흘러나오면 그것이 그대로 하나의 절창(絕唱)이었다. 몸이 떨려오는 어떤 감동이 있었다.

선생이 암송한 시는 100여 작품에 달했다. 그리고 그 모든 낭송은 하나같이, 원작이 지닌 의미에 더하여 마술 같은 힘과 향기로 되살아나는 또 하나의 생명체였다. 양성우의 「겨울공화국」을 노래할 때는 그 준엄함이 서릿발 같았고, 윤동주의 「별 헤는 밤」을 낭송할 때는 마치 천장에서 푸른 별들이 쏟아지는 듯했으니 말이다.

1985년 5월이었던가. 광화문 옛 서울고 근처에서 열렸던 사진작가이자 청각장애인 시인으로 널리 알려진 박용수 시인의 출판기념회에서, 선생이 정희성의 「저문 강에 삽을 씻고」를 낭송하시던 모습이 생각난다. 그는 머리 푸른 청년에 불과한 나를 친구로 받아주셨다. 백낙청 선생, 백기완 선생, 박용수 시인 등 좌중의 모든 이에게 소개를 시켜주었다.

2차로 들른 생맥줏집을 나와, 광화문 대로변에서 나이 차를 넘어 20여 명이 어깨동무를 하고 목청껏 노래를 부르던 모습이 지금도 생생하다(그 시절이 정말 그립다).

그 후 몇 년, 특강을 부탁드리기 위해 어느 날 전화를 드렸다. 성내운 선생은 완곡하게 부탁을 거절하시면서 "요즘 내가 몸이 많이 안 좋아"라고 하셨다.

건강 상태를 더 이상 캐묻지는 않았다. 하지만 내 마음에 어두운 예감이 들어왔다. 그렇게 통화 나눈 몇 달 후 선생이 암으로 유명을 달리하셨다는 소식을 들었다. 크리스마스를 나흘 앞둔 1989년 12월 21일이었다.

빈소가 차려진 세브란스 병원은 문상객으로 인산인해였

다. 세찬 겨울바람이 병원 마당의 차양을 펄럭였다. 선생을 애도하며 새벽까지 사람들과 막걸리를 마셨다. 학연도 지연도 세상의 외형적 인연으로는 나와 아무것도 나눈 것 없으나, 사람답게 사는 길을 가르쳐준 내 마음의 스승을 가슴에 묻으면서.

아래는 '바람구두연방의 문화망명지'에서 옮겨온, 성내운 선생이 지으신 동시다.

이십 수년 전 그때, 선생이 학교에서 혹은 재야에서 온몸으로 시대를 부딪히며 감당하셨던 '사람 가르치는' 직업이 이제 나의 것이 되었다. 동시를 읽으면서 선생이 걸어가셨던 길을 다시 생각해본다. 가르치는 일의 의미가 새삼 어깨에 무겁다.

달라질래요

성내운

우리 반 동무들은 모두 달라요.
얼굴도 다르고
키도 달라요.
모두가 똑같아지면 우스울 거야.

우리 반 동무들은 모두 달라요.

생각도 다르고

재주도 달라요.

모두가 똑같아지면 우스울 거야.

어머니는 아버지와 달라서 좋고

오빠는 언니와 달라서 좋아요.

서로가 똑같으면 우스울 거야.

나는 나는

동무들과 달라질래요

오빠와 언니와도 달라질래요

모두 똑같으면 우스울 거야.

나는 나는

이 세상의 누구와도 달라질래요.

달라져서 더 좋은 사람이 되고 말 거야.

너무 일찍 떠난 사람 — 강정문

1

그를 처음 만난 것은 1986년 겨울 D기획 신입사원 교육에서였다. 눈썹이 짙고 키가 훌쩍한 한 남자가 신입사원들 앞에 섰다. '광고대행사의 구조' 아마도 이런 내용을 강의했던 것 같다.

입매가 한쪽으로 살짝 올라간, 어딘지 심드렁한 표정으로 그가 말을 시작했다. 진한 부산 사투리가 입에서 흘러나왔다. 같은 조(組)에 있던 친구 하나가 나를 쿡 찔렀다. 저 사람이 '그 소문난 강정문'이라고. 대학원 준비를 하던 중 어쩌다가 광고회사에 들어간 터라 사전 지식이 전혀 없었다. 그가 어떤 사람인지 왜 소문났는지 몰랐다. 그냥 소개한 대로 회사의 관리본부 국장인 줄 알았다.

1개월 동안의 강의실 교육이 끝나고 부서 순환교육이 시작되었다. 그즈음 이 남자에 대한 이야기를 자세히 듣게 되었다. 동아투위(東亞鬪委)의 해직기자 출신이라고.

1974년 유신체제의 언론탄압에 항거하여 동아일보 기

자들이 쏘아올린 백지광고 사태. 그리고 이어진 113명 기자의 집단해고. 박정희 독재 붕괴의 중요한 출발점이 된 '자유언론수호투쟁'의 선봉에 섰다가 해직된 투사였다는 것이다. 사람이 새로 보였다.

그는 우리나라에 과학적 광고를 소개하고 개척한 선구자였다. 동아일보에서 해고되어 1976년 L그룹에 입사한 후(당시 이 재벌그룹이 유난히 언론투위 출신을 많이 받아주었다) 혼자서 마케팅과 광고를 공부하고 이를 체계적으로 이론화했다. D기획 창립멤버로 들어온 다음부터는 미국과 유럽 거대 다국적 대행사들의 광고전략을 직접 번역하고 현장에서 그것을 적용한 최초의 인물이었다.

지금도 내 연구실에는 그가 쓰고 전동식 타이프라이터로 인쇄, 복사한 『다국적 광고대행사의 광고전략』 시리즈

가 책장의 한 켠을 차지하고 있다. 이 복사본들이 광고계로 퍼져나가 L, J 등 한다하는 광고회사의 사내 교육교재로 사용되기도 했다.

그에게서 배우고 성장한 후배들은 전략적 사고와 독창적 임팩트가 결합된 독특한 크리에이티브를 신봉하는 하나의 집단을 형성했다. 지금도 우리나라 광고계에는 '강정문의 제자'임을 자부하는 최고 수준의 광고인들이 (내가 아는 이만 해도) 열 손가락을 넘는다.

그만큼 독하게 공부를 했고 엄격하게 후배를 키웠다. 기획국장 시절 그의 별명은 '강바떼리'였다. 'Battery' 말이다. 광고주 프리젠테이션 준비를 위해 밤을 하얗게 새고 회사 근처 사우나에서 땀을 바짝 흘린 후 경쟁피티를 성공시키는, 그의 에너지와 집중력은 가히 경탄의 대상이었다. 그렇게 가혹하게 스스로를 소진함으로써 광고계의 한 전설이 되었지만, 한계를 넘어선 이 같은 열정은 결국 그의 몸을 갉아먹게 된다.

무뚝뚝한 사람이었다. 그가 세상을 떠난 후 후배들이 발간한 추모 책자의 제목이 『뭐가 그리 복잡하노, 짧게 좀 해라』였다. 소비자 마음을 파고드는 강력하고 압축적인 메시지를 강조한 그의 광고철학이 담겨 있는 제목이다. 그리고 실제로 그가 후배들에게 늘 던지던 꾸중이기도 했다.

2

그 D기획에서 한국 광고회사 최초의 노동조합이 결성되었다. 20대 후반과 30대 초의 내 인생을 관통한 사건이기도 했다. 요즘 나를 만난 그 시절 동료들이 "김 교수 얼굴이 정말 편안하고 따뜻해졌어요"라고 자주 말한다. 그만큼 칼날 위에 서 있는 것처럼 인생을 던져 싸웠던 시절이었다.

노동조합 결성이 회사에 던진 충격은 대단했다. 첫해부터 화이트칼라 노조로서는 유례없이 격렬한 단체교섭이 진행되었다. 젊은 우리들의 요구조건은 단 하나였다. "근로기준법을 준수하십시오." 지난한 교섭이 진행되었고 역시 광고회사 최초의 (집단휴가 형태의) 파업과 사내 농성이 전개되었다.

나는 노조 선전부장이었다. 성명서를 쓰고 노보(勞報)를 만들고 농성장 맨 앞에서 구호를 선창했다. 아마도 회사 입장에서는 가장 극렬한 '꼴통'이었을 게다. 강정문은 당시 국장에서 승진하여 총무, 경리, 인사를 총괄하는 관리이사였다. L그룹에서 차기 대표로 내정하고 경영수업을 진행하고 있다는 이야기가 파다했다. 그러니 정면에서 노동조합을 막아내고 설득해야 하는 위치였던 게다.

낮에는 단체교섭장에서 얼굴을 마주했다. 해 저문 후에는 회사 근처 술집에서 그는 연이어 노조멤버들과 면담을 요청했다. 공교롭게도 노조를 만든 핵심멤버들이 공채 기수 가운데 강정문이 아끼던 후배들이었다. 노동조합이 없었다면 (사회에서 만났지만) 스승과 제자가 되었을 사이였던 게다.

나 또한 그의 마음을 크게 받았다. 신입사원 부서순환 교육이 끝나고 그가 회사 최고참 카피라이터 실장을 불렀다고 한다. 나를 특별히 그 팀에 보낼 테니 혹독하게 훈련시켜서 잘 키우라 했다는 이야기를 나중에 들었다.

퇴근 후 술집에서 그는 노조 핵심들을 앞에 놓고 간곡한 설득을 했다. 회사 사정을 이해해달라고. 조금만 요구조건을 늦춰달라고. 그에 대해서 젊은 우리는 강력히 반발했다. 아마도 내가 가장 모진 말을 던졌으리라.

"당신은 그 엄혹한 유신독재 시절 언론자유의 횃불을 쏘아 올린 투사가 아니냐. 노동자를 하인 취급하던 동아일보 자본에 맞서 싸워 해방 이후 최초의 진짜 언론노조를 만든 사람 아니냐. 그게 당신 인생 제일의 자부심 아닌가.

그런데 지금 어떻게 이렇게 할 수 있나. 회사 순익이 이렇게 많이 나는데, 당신 눈에는 후배들이 처한 가혹한 노동조건이 안 보이나. 쟁이의식이니 크리에이티브니 허울좋은 명분 아래 심신을 갉아먹으며 비틀대는 후배들 모습이 안 보이나. 당신이 어떻게 살아왔는데 자본의 맨 앞에서 이런 압력을 가할 수 있나. 그렇다면 당신을 지표로 삼고 살아온 우리 젊은 놈들은 뭐가 되나. 우리는 유령을 보고 살아왔나."

내가 던진 한마디 한마디가 그의 심장을 비수처럼 후벼 팠을 게다. 한 개인의 실존을 둘러싸고 그저 흑과 백으로 가를 수 없는, 때로는 어찌할 수 없는 여러 맥락이 존재할 수도 있다는 사실을 모를 때였다. 피가 끓는 나이였으니 그의 힘들고 복잡한 마음을 헤아릴 여유가 나에게는 없었던 것이다.

그 무뚝뚝한 사람이 어둑한 맥줏집 불빛 아래서, 고개 떨구고 절레절레 괴로워하던 모습이 아직도 생각난다. 심지어는 술에 취해 "고마 해라 임마!" 하면서 마시던 맥주를 내 얼굴에 뿌리기도 했다.

3

단체교섭이 타결이냐 최종 결렬이냐를 앞둔 어느 날 밤. 새벽 1시가 가까운 시각이었다. 나는 당시 목동아파트 작은 평수에 전세를 살았다. 잠이 들었는데 딩동 초인종 소리가 울리는 거였다. 얼굴이 벌겋게 취한 강 이사가 문 앞에 서 있었다. 밤에 노조위원장과 사무국장 집을 돌았다는 거다. 그리고 세 번째로 우리 집에 찾아온 거였다.

"술 한잔할 수 있나 동규야" 하는 말에 화급히 차린 상. 그의 설득이 시작되었다. 밀고 당기는 설전이 이어졌다. 신혼의 아내는 안방에서 숨소리조차 죽인 채 있고. 이야기가 계속 평행선을 달렸다. 그가 알 수 없는 서글픈 눈빛으로 나를 쳐다보더니 이렇게 말했다.

"진짜 안 되겠나?"

"안 되겠습니다."

이 말에 갑자기 그의 얼굴이 일그러졌다. 그리고 오른손에 맥주잔을 꽉 움켜잡는 것이 보였다. 깜짝 놀라 쳐다보자 문득 그가 고개를 들고 방 안을 둘러보았다, 만취에 가까운 상태였으면서도 여기가 남의 집이란 걸 깨달았던 거다. 5초 남짓 침묵이 이어졌다. 그리고 그가 고개를 떨군 채 조용히 말했다.

"알았다 가꾸마."

시계를 보니 거의 3시에 가까웠다. 술상을 정리하고 잠자리에 누웠는데 자꾸 그의 눈빛이 생각났다. 이리저리 뒤척이다가 결국 두어 시간밖에는 못 자고 출근을 했다.

파국에 근접하는 벼랑 끝 충돌 후에 마침내 단체협약이 타결되었다. 가장 핵심적인 내용은 그때까지 무상으로 제공되던 '시간외근무수당'의 근로기준법 적용이었다. 당시의 광고회사에서는 살인적인 초과노동이 예사였다. 새벽 퇴근에 정시 출근이 아무렇지도 않게 벌어졌다.

퇴근 후 근무시간에 대한 1.5배 수당을 지급하는 새로운 단체협약이 적용되자 놀라운 일이 벌어졌다. (눈치 보느라 연장근무신청서를 내지 못한) 노조에 가입하지 않은 십몇 년 경력의 국장급보다 연속 야근을 하는 2, 3년차 사원의 월급이 더 많아지는 사태가 숱하게 일어난 것이다. 1980년대 후반 재벌그룹사에 속한 D기획이 이런 임금구조를 계속 용인할 리 만무했다.

다음 해 단체교섭을 앞두고 사용자와 노조 간에 사생결단에 가까운 충돌이 일어났다. 이런 상황을 통과하면서 나는 결국 회사를 나오게 되었다. 그리고 강정문이 세상을 떠나기 직전까지 그와 나는 한 번도 얼굴을 마주치지 않게된다.

4

그는 IMF가 터지고 한국 광고계가 괴멸 위기에 처했던 1997년에 D기획 대표이사로 취임했다. 악전고투의 시간이 이어졌을 것으로 짐작된다.

내가 부산에 내려와 대학 선생으로 새로 출발한 것이 1999년 3월. 이상한 일이었다. 회사 떠난 지 10년이 가까웠는데 서울을 떠나기 전에 반드시 이 양반을 보고 가야겠다는 생각이 들었다. 온갖 애증이 얽힌 사이였다. 그러니 그때까지 한 번도 그의 얼굴을 보고 싶다고 생각한 적이 없었던 게다.

겨울날의 어느 오후. 당시 D기획은 공평동에서 창경궁

근처로 사무실을 옮긴 시절이었다. 어색한 방문이었다. 왠지 서먹한 마음으로 대표이사실을 찾아갔다. 그가 덤덤하니 씨익 웃으며 자리를 권했다. 함께 커피를 마시며 일이십 분 이야기를 나눴던가.

그는 전형적인 부산 남자였고 불쑥 찾아간 나도 조곤조곤 대화를 나누는 스타일이 아니었다. 아이들 이야기를 하고 공부는 어떻게 했느냐 묻고 답했고, 그렇게 중요하지 않은 이야기만 주고받았다.

찾아가기 전에 심중에 담아둔 이야기가 있었는데 결국 하지를 못했다. 그리고는 "내려가서 잘하거레이"라는 짧은 덕담을 선물로 받고 방을 나왔다. 옛날보다 어딘지 힘이 없어 보이기는 했지만 이제 나이가 있으니 그러려니 했다. '강바떼리'란 별명이 어디 가겠는가 생각하면서.

학교에 내려온 후 오리엔테이션 받으랴 강의 준비하랴 정신없는 시간을 보냈다. 서울에서 살았던 시간이 아득한 옛날 같았다. 그렇게 두 달이 지난 1999년 5월 그가 갑자기 세상을 떠났다는 소식이 들려왔다. 퇴근하던 엘리베이터 안에서 배를 움켜쥐고 쓰러졌다는 게다. 병원으로 급히 옮겼는데 담낭암이 간암으로 전이되었다는 판정이 나왔다. 회사를 쉬며 요양한 지 오래지 않아 그는 그렇게 세상을 떠났다.

황망한 죽음이었다. 더 큰 일을 해야 할 사람이었다. 소식을 듣고 급히 서울행 기차표를 끊었다. 장례식장에 도착해서 절을 했다. 담담할 거라 생각했는데, 재배하고 일어서려는 순간 쥐어짜듯 마음이 아파왔다.

나의 첫 사회생활을 옆에서 지켜봐줬고, 온갖 애정과 미움이 교차했고, 마지막에는 내 안에 묻어둔 이야기조차 하지 못했다. 나는 그와 그렇게 헤어졌다. 향년 54세였다.

5

그가 떠난 지 20여 년이 훌쩍 넘었다. 그런데도 강정문에게 광고의 ABC를 배웠고 그를 존경하는 후배들이 모여 좌담회를 갖는다. 인터넷에 강정문이라 검색해보면 아직도 블로그와 SNS에서 그를 추억하고 애도하는 글들이 쓰이는 걸 볼 수 있다.

강정문이 한국 광고에 미친 영향은 넓고 깊었다. 우리나라에 세계 수준의 전략과 실행전술을 처음 소개한 신화적 인물로서. 무엇보다 한 인간이 자신의 업(業)에 대하여 어떤 혼신의 자세를 지녀야 하는지를 보여준 사람으로서.

그러나 강정문은 나에게 다른 기억으로 남아 있다. 노동운동의 당위성을 내세우며 당신에게 칼날을 들이대던 철없는 후배 앞에서, 고개 흔들며 괴로워하던 한 인간의 모습으로 말이다. 분노가 담겼으나 그 너머 더 큰 슬픔이 담긴 눈으로 나를 쳐다보며 차마 말을 맺지 못하던 여린 사람으로.

세월이 덧없이 흘렀으니 이제 나도, 천갈피 만갈피 당시 그의 고뇌를 인간으로서 이해할 만한 나이가 되었다.

위에 강정문이 (창간의 중추적 역할을 했고) 직접 헤드라인을 쓴《한겨레신문》창간호 광고가 있다. 새로 태어난 신생 진보언론의 긴 호흡과 싸움을 예고하는 명 카피였다.

"민주화는 한판의 승부가 아닙니다."

이 장엄한 문장을 남긴 그는, 하지만 병마와의 한판 싸움에 져서 결국 이생을 떠났다.

일요일 오후 선풍기가 천천히 돌아가는 창밖에는 8월의 태양이 가득하다. 멀리 구름 너머로 그가 씨익 웃음 지으며 "잘 지내나?" 한마디 툭 하고 돌아서는 모습이 겹쳐진다.

선생님 나의 선생님 ── 강순일

1

드르륵 교실 앞문이 열렸다. 쿠당탕거리며 아이들이 자리로 돌아갔다. 먼지 풀썩이던 교실이 일순 조용해졌다. 반장인 내가 일어섰다. 차렷 경례! 그런데 선생님의 표정이 평소와 달랐다. 입을 꼭 다물고 우리들 얼굴을 조용히 쳐다보기만 하시는 게 아닌가. 교실 분위기가 서늘하게 가라앉았다. 나는 괜히 마음이 조마조마해졌다.

10여 초가 흘렀을까. 선생님이 입을 떼셨다.

"모두 책을 덮어라."

아이들이 저절로 침을 꿀꺽 삼켰다. 대학에서 비트겐슈타인 철학을 전공하고 중학교에서 국어를 가르치시던 강순일 선생님. 교과서 진도 틈틈이 헤세를 이야기하고 윤동주를 이야기해주던 선생님 모습과는 분위기가 크게 달랐기 때문이다.

그는 조용히 그리고 단호하게 이렇게 말했다. 이 말씀이 평생에 남는 말이 될 줄 그때 나는 몰랐다.

"선생은 딴따라가 아니다."

내가 다니던 S중학교는 보수 기독교 재단이 운영하던 곳. 월요일 아침 조회 시간에 입을 모아 "주 하나님 지으신 모든 세계~" 찬송가를 부르고 일주일에 한 번 교목(校牧)의 성경공부 시간이 있던 곳. 하지만 (훨씬 나중에 사실을 알게 되었지만) 학교 운영이 비리로 점철된 문제적 학교였다.

이 학교의 전통 중 하나가 계절이 가을로 접어들 즈음 열리는 음악회. 바로 직전 시간에 대강당에 모여 그 행사를 했던 게다. 전교생을 한자리에 모아서 특기별로 공연을 시켰다. 노래를 부르는 아이도, 바이올린을 켜는 학생도, 합창 순서도 있었다.

음악회가 끝나갈 즈음 고정 순서가 있었다. 강당 전면에 의자를 놓고 학생들 마주 보며 앉아 있던 선생님들이 일제히 일어나서 (지금은 곡목이 생각나지 않는) 노래 하나를 부르는 것이었다. 기독교 계열의 노래였다. 일생 동안 몸과 마음을 바쳐 더 크신 분을 받들겠다는 내용의. 표면적으로는 신에 대한 헌신이지만 기실은 학교에 대한 충성서약이었다.

학생들 앞에 교사들을 일으켜 세워 이런 노래를 부르게 하는 이유는 뻔했다. 워낙 문제가 많은 학교였으니 이런 기회에 예방책으로 선생들 '야코'를 죽이는 것. 그것도 학생들 앞에서 선생들의 굴종적 모습을 보여줌으로써 말이다. 아무리 재단이 전횡하는 사립학교라 해도 비상식적 장면이었다. 한목소리로 충성맹세를 하는 선생님들 마음이 편할 리 있었겠는가.

그런데 놀라운 장면이 펼쳐졌다. 의자에 앉아 있던 40, 50여 선생님이 엉거주춤 일어나는데, 중앙에 앉아 있는 한 사람만이 석고로 빚은 듯 한 치 흔들림이 없는 것이었다. 꼿꼿이 허리를 펴고 팔짱 낀 채 정면을 응시하며 앉아 있던 사람. 바로 강순일 선생님이셨다.

강당 안에 긴장감이 맴돌았다. 사회를 본 것은 학생회장이던 같은 반 친구 H. 평소에 변죽이 좋던 녀석이 갑자기 어색해진 분위기를 바꿔보려 선생님께 다가갔다. 그리고 팔을 끌며 말했다.

"선생님 일어나시죠."

후일 어른이 되어 H와 만난 자리에서 우연히 그날의 이야기가 나왔다. 녀석이 하는 말이 이랬다.

"팔을 슬쩍 잡는데 선생님이 나를 딱 노려보시는 거라. 그리고 한마디도 안 하고 조용히 팔을 뿌리치는데, 와 그 동작이 너무 단호하고 팔이 무슨 쇳덩이 같더라."

깜짝 놀라 H가 뒤로 물러섰다. 그리고 수십 명의 선생님이 느릿느릿 노래를 불렀다. 노래가 다 끝날 때까지 강순일 선생님은 팔짱 낀 부동의 자세로 앞에 있는 학생들만 바라보셨다.

나는 대열의 중간쯤에 멀찌감치 앉아 있었다. 그런데도 선생님의 눈에서 번쩍거리는 무슨 빛을 본 것 같았다. 그것은 개탄도 슬픔도 분노만도 아닌 그 모든 감정이 하나로 모여 소용돌이치는 강렬한 눈빛이었다.

바로 그다음 시간이 국어시간이었던 게다. 중3짜리들이 무얼 알겠는가. 그 기이한 장면이 펼쳐진 지 30분이 지나기도 전에 우리는 벌써 그 일을 다 잊어버렸다. 그저 친구들끼리 쿵닥거리기에 바빴다. 그런데 교실에 들어오시자마자 선생님이 위의 말씀을 던지셨던 게다.

돌이켜 생각하면, 내가 아이들 가르치는 선생이 되고 싶었던 희망이 바로 이 순간에 시작된 것 같다, 그날 오후의 중학교 3학년 교실에서 말이다.

2

아버지가 빚잔치를 치른 후 재기하겠다고 강원도로 떠나시고 내가 형과 함께 큰누나 집에 얹혀 살기 시작한 것이 초등학교 6학년 때부터. 사춘기 초입에 접어드는 시절이었다. 예민하고 복잡했던 소년이 처음으로 제대로 된 문학을 만난 것이 선생님 덕이었다.

3년 동안 담임은 아니었지만 줄곧 선생님께 국어를 배웠다. 강순일 선생님은 자기 반이 아닌데도 나에게 유난히 잘해주셨다. 등록금도 제때 못 낼 만큼 상황이 어려웠지만 수업이 끝나면 개인적으로 불러서 늘 격려해주셨다. 학교 가까이 공설운동장 옆 중국집에 데려가 짜장면을 사주신 기억도 난다.

처음에는 헤르만 헤세를 소개받았다. 자기 책을 직접 빌려주신 『데미안』. 많은 이들이 비슷하게 고백하듯, 몸과 마음이 소년에서 서서히 벗어나기 시작하던 그 시절 나에게 심대한 영향을 준 소설이었다. 지금까지 열 번 정도는 읽었을 게다. 그때마다 내가 경험한 삶과 세상의 깊이에 비례해서 늘 새로운 각성을 준 작품.

이 책에서 가장 오랫동안 새겨진 대목은 주인공 싱클레어와 데미안의 인연이 아니었다. 조로아스터교(拜火敎)를 믿던 교회 오르간 연주자 피스토리우스와 만남이었다. 싱클레어와 함께 불을 피우며 밤을 지새울 때 그가 던진 말. "새는 알을 깨고 나온다. … 새는 신에게로 날아간다. 그 신의 이름은 아브락사스다."

그 당시 외운 이 유명한 문장을 (중학교 2학년 때니 정확한 의미를 다 알 수야 없었지만) 나는 지금도 선명히 기억하고 있다. 그리고 모닥불 피우고 한 시간이고 두 시간이고 춤추는 불꽃을 바라보는 것을 좋아하게 되었다.

헤세 읽기는 고등학교에 들어가서도 계속되었다. 그 당시 큰누나네 집은 동촌의 방직공장 근처, 철거덕 철거덕 방직기계 돌아가는 소리가 멀리서 울리던 방 안. 그 어둑한 공간에서 얼마나 두근거리며 『나르치스와 골드문트』를 읽었던가. 페스트가 세상을 찢어발기던 중세 말엽 한 청춘이 통과하는 육체와 영혼의 지옥과 천국. (헤세 소설에서는 이례적일만치) 적나라했던 그 에로틱한 묘사들 말이다.

또 『수레바퀴 밑에서』는 어땠던가, 『황야의 이리』는 어땠던가, 『유리알 유희』는 어땠던가. 소년은 선생님이 열어주신 문을 밀고 상상도 하지 못하던 책 속의 큰 세상으로 나아갔다. 어깨에 여린 깃털의 날개가 솟아났다. 그렇게 좁은 방을 벗어나 하늘을 날았고 들판에 가득한 꽃향기를 맡았다.

그다음은 도스토예프스키. 역시 선생님의 소개였다. 처음 입문한 것은 『죄와 벌』. 주인공 라스코르니코프의 고뇌를 이해할 만큼 인식이 성숙하지는 않았다. 하지만 한 개인의 삶과 세상과 관계가 어떻게 연결되는가, 그 안에서 개인의 자아와 양심은 어떻게 형성되고 굽이치는가에 대한 강렬한 대리체험을 시작했다. 『백치』와 『악령』을 거쳐 고등학교 3학년 때는 『카라마조프가의 형제들』까지 진입했다. 하지만 그중에서 가장 강력한 인상을 준 것은 역시 처음 도스토예프스키를 만났던 『죄와 벌』이었다.

그렇게 시작된 책 읽기는 계속 가지를 뻗어갔다. 갈증 난 나무처럼 문학이라는 물기를 빨아들이며 줄기와 잎이 끝없이 하늘로 향했다.

선생님은 아주 인상적인 미남이셨다. 173~174센티미터 정도 키에 눈썹이 굵고 짙었다. 부리부리 잘생긴 인도 사람을 보는 것 같았다. 학창 시절부터 검도를 계속해서 당시에 공인 3단. 몸이 강철같이 단단했다. 앞서 말한 대강당 사건에서 친구 H의 팔을 뿌리칠 때, 꼭 쇳덩이 같았다는 말이 그냥 나온 게 아니었던 게다.

중학교를 졸업하고 나서 간간이 선생님의 소식을 들었다. 내가 졸업한 한 해 뒤에, 학교 재단에 강력한 경고를 하신 후 자발적으로 S중을 그만두셨다는 이야기. 그 난해한 언어철학을 전공한 사람이 서문시장에서 이불 장사를 시작하셨다는 이야기. 그리고 장사가 성공해서 어느 백화점에 점포를 내셨다는 소문이 바람결에 들려왔다(정말 선생님답다고 생각했다).

하지만 나를 기다리던 것은 고등학교에서 대학까지 이어진 질풍노도의 시간. 선생님의 이름을 까마득히 잊고 몇 년을 살았다.

내가 그이를 다시 뵌 것은 1981년의 초봄, 몸과 마음이 완전히 허물어진 채 그저 다가오는 입대를 기다리던 시점이었다. 대구 중심가를 걷다가 저쪽에서 누군가 걸어오는 것을 보았다. 지금도 기억난다. 검은색 모직 점퍼를 입고 꼿꼿한 걸음걸이로 정면을 응시하며 성큼성큼 다가오던 그 모습이.

두 사람은 동시에 서로를 알아봤다. 나야 선생님 얼굴을 기억하는 게 당연하지만, 얼굴도 몸도 많이 달라졌을 텐데 나를 어떻게 단번에 알아보셨을까.

"너 동규 아니냐?"

6년 만의 재회였다. 이제 자기보다 더 키가 커진 제자의 손을 붙잡고 선생님은 그렇게 좋아하셨다. 그리고는 내 여유 시간을 물었다. 안 바쁘면 자기 집으로 가자고. 가서 김치보시기에 막걸리라도 한잔하자고. 그렇게 선생님과 만남의 제2막이 시작되었다.

3

대명동에 댁이 있었다. 아파트 문을 열고 들어서면서 놀랐다(선생님 성품 생각하면 놀랄 일도 없지만). 50여 평 가까운 아파트의 거실을 따로 구획해서 서재를 만들었다. 그 큰 공간의 삼면이 바닥에서 천장까지 책장이었다. 그리고 주제별로 작은 팻말 붙여 서가를 가득 채운 책들.

페이지가 접혀 책상 위에 놓인 책 제목을 보고 더 놀랐다. 동학농민 혁명을 다룬 내용이었다. 최근에 근대사 공부를 다시 시작하셨다는 거다. 그러고 보니 손이 닿는 근처 서가를 메운 수십 권이 모두 경제사, 사회사 등 영·정조 시대에서 구한말을 거쳐 식민지 시기에 이르는 역사책이었다.

장사하는 사람이 일 마치고 돌아와서 홀로 공부를 하신

거다. 누가 알아주는 것도 아니고 논문을 발표할 것도 아닌데. 취미로 읽는 수준이 아니라 높은 수준의 연구목표를 정해서 말이다. 선생님은 까까머리 중학생을 가르치던 시절에서 변하지 않으신 거다. 오히려 공부와 세상살이의 품이 더욱 넓어지신 거였다.

최근에 무궁화백화점 2층에 서점을 인수하셨단다. 오랫동안 계획했던 일이라고. 책 파는 것도 좋지만 시간 여유를 내어 하고 싶던 '내 공부'를 좀 깊이 하려 한다고. 대화가 이어졌다. 데미안 이야기가 안 나올 수 없었다. 나에게 책을 빌려주셨다고 말했다. 선생님은 특유의 미소를 지으시면서 답하신다.

"책을 빌려준 것까지는 기억이 안 나는구나. 내가 그때 너희들한테 꼭 소개하고 싶었던 게 헤세였지. 조금 이른 듯했지만 네가 예민해서 읽을 수 있을 줄 알았다."

빈 막걸릿병이 세 개나 바닥에 내려졌다. 입 밖에 꺼내고 싶지 않은 악몽들, 입을 열면 유령처럼 되살아나 나를 삼킬 것 같던 한 해 전의 기억을 선생님께 털어놓았다. 꽁꽁 언 땅 밑에서 얼음이 녹듯 이야기가 술술 나왔다. 너무나 자연스러웠다. 왜냐하면 선생님 앞이었으니까.

선생님도 마음을 여셨다. 왜 그 중학교를 떠났는가를 말씀해주셨다.

"교장과 재단이 하는 행동을 더 이상 감내할 수 없었다.

교무회의 시간에 내가 아는 학교의 모든 문제점과 비리를 밑바닥까지 차근차근 이야기했지. 써놓고 오랫동안 보관하고 있던 사표를 교장 책상 위에 놓고 담담하게 나왔다. 제일 걸리는 건 너희들이었지. 그래도 세상 사는 길이 어디 하나뿐이겠냐 싶었다."

그리고 홀연히 시장에서 이불 장사를 시작한 이야기. 백면서생이 맞닥뜨린 세상의 눈보라가 얼마나 차가웠던지까지 다 털어놓으셨다. 저녁나절에 사모님이 돌아오셨다. 그 시간에는 세월을 건너며 끊어졌던 사제관계의 끈이 다시 단단히 이어진 상태였다.

선생님을 재회한 것이 3월 말. 두 달이 지난 5월 18일에 나는 논산훈련소에 입소했다. 그때까지 한 달 반 동안 사흘에 한 번씩은 선생님을 만난 것 같다. 내가 주로 서점을 찾아갔다. 배고픈 제자를 위해 선생님이 언제나 밥을 사주셨다. 저녁이면 백화점 근처 향촌동 선술집에서 술잔을 나누기도 했다. 내가 받은 것은 그처럼 대가 없는 사랑이었다. 20여 년 이상 나이 차이를 뛰어넘어 선생님은 있는 그대로의 나를 받아주셨다. 바닥없는 절망으로 흔들리던 마음을 잡아주고 등을 두들겨주셨다.

선생님이 아니었으면 그 봄을 견디기 어려웠을 게다. 입대 전 전날에 찾아뵙고 이제 간다고 말씀드렸다. 선생님이 어깨를 꼭 안아주셨다.

4

악전고투 끝에 제대하고 복학을 했다. 하지만 방학 중에
나 며칠 대구를 찾을 형편이니 선생님을 자주 뵙지 못했
다. 세월이 그저 바람처럼 뛰어갔다. 졸업 후 대학원에서
공부를 계속하고 싶었지만 우여곡절 끝에 나는 직장생활
을 시작했다. 그렇게 결혼을 앞두고 선생님께 주례를 부탁
드렸다. 몇 번이나 곡진히 사양하시다가 허락하셨다. 그동
안 제자들에게 여러 번 주례 부탁을 받으셨지만 승낙은 이
번이 처음이셨다.

수성못 근처에서 열린 결혼식. 악동 친구들에게 이끌려
새벽까지 마신 술기운이 완전히 사라지지 않은 상태였다.
그게 아니면 긴장을 해서일까, 선생님이 주례사로 주신 말
씀이 다 기억은 안 난다. 다만 중학교 시절 나의 첫인상 이
야기. 담임은 한 번도 맡지 않았지만 기억에 깊이 남은 제
자였다는 것.

"신랑은 빌려준 소설을 밤을 새워 읽고 나서 종이 위에
볼펜으로 빽빽이 감상문을 적어 제게 보여주고는 했지요."

내가 하얗게 잊어버린 중학교 시절 기억을 선생님은 버
리지 않고 계셨던 게다. 그리고 나무처럼 튼튼히 세상 속
에 뿌리내리고 살라는 한없는 축복까지. 글을 쓰다 보니
결혼식 내내 엄숙하시던 선생님이 아래의 말씀을 하실 때
환히 웃으시던 표정이 떠오른다. 주례 부탁드리러 아내와

함께 댁을 찾았을 때를 떠올리시며 "신부가 문을 열고 들어서는데 꼭 우리 집 정원에 환하게 핀 꽃을 보는 것 같았습니다"라고 하신 말씀이(위의 사진은 두루마기 입으신 선생님이 주례사 직전 생각에 잠긴 모습이다).

결혼 직후부터 나의 인생은 격랑에 빠져들었다. 노동조합 결성에 몸을 실었다. 간난신고 끝에 조합이 출범했고, 격렬한 갈등과 충돌이 연이어졌다. 개인적으로는 견디기 힘든 참담한 일이 일어났다. 선생님께 소홀할 수밖에 없었다.

그 중간에 몇 번 사모님에게서 전화가 왔다. 서점 사업이 크게 기우는 모양이었다. 힘든 사정을 이야기하셨다. 마음이 꽉 막히는 듯했다. 하지만 쥐꼬리만한 도움 외에는 당시의 나로선 달리 방법이 없었다.

그 1년 후 나는 노조 때문에 직장을 나왔다. 재취업에 애를 먹다가 힘들게 자리를 잡았다. 세상의 비정함에 대한 환멸이 뼈에 사무쳤다. 그것이 늦깎이 공부를 시작한 중요한 이유 중 하나였다. 내 문제에 정신없는 동안 선생님과 연락이 거의 끊어졌다. 그렇게 흘러버린 세월이 5, 6년. 그 긴 시간 동안 안부전화 한 번을 드리지 못했으니 나는 얼마나 무정한 인간이었던가.

5

정신이 번쩍 든 것은 1999년 대학에서 아이들 가르치기 시작한 후부터였다. 선생님과 얼마나 오랫동안 연락이 없었던지 불현듯 알아진 거였다. 옛날 전화번호를 찾아서 눌렀다. 없는 번호로 나왔다. 대구시 전화번호부에도, 114 안내에도 선생님 이름은 등재되어 있지 않았다.

중학교 동창들에게 연락을 했다. 아무도 연락이 안 된다는 거였다. 선생님이 특히 아끼셔서 서로 연락을 왕래했던 한 해 후배가 있었다. 수소문해서 통화를 했는데 그도 선생님 소재를 모른다고 했다. 이후 여러 방법으로 연락처를 찾았다. 경찰서 도움 받아 인적 조회까지 해봤다. 하지만 지금까지도 끈이 닿지 않는다.

헤아려보니 팔순을 오래전에 넘기셨을 나이다. 어린 나

를 깨워 세상을 향한 문을 열어주신 분. 문학이라는 향기로운 꽃 들판을 만나게 해준 사람. 그런 선생님의 사랑에 어떤 식으로든 한 번도 제대로 보답 못한 채 세월이 흘러버린 게다.

　그동안 그이의 반의 반만큼이라도 선생다운 선생이었던가를 생각하면 차마 고개를 들기 어렵다. 선생님 다시 만나 꼭 큰절을 드리고 싶다.

혼자 지내는 추모식 — 노무현

집권 중반기를 넘어서면서 "이 모든 게 노무현 때문"이
란 말이 유행했다.

주위에서 농반진반으로 그런 이야기할 때마다 싸움을
불사하고 반박을 했다. 갈피갈피 발목 잡는 당시 한나라당
의 악질적 작태가 보이지 않느냐고. 하지만 그러한 외면적
옹호에도 불구하고 그 시절의 나는 그를 마음속에서 거의
지우고 있었다.

실망과 분노는 그가 삼성 장학생들에 둘러싸이기 시작
했을 때부터 시작되었다. "권력은 이미 시장에 넘어갔다"
는 발언을 통해, 외려 시장을 통제하고 지도해야 하는 선
출정부 본연의 책무를 포기했던 모습. 경제민주화와 정치
구조 개혁의 상관성을 망각한 채 추진한 설익은 절차적 민
주주의. 드디어 검은머리 양키의 설레발에 현혹(나는 지금
도 그가 현혹되었다고 믿는다)되어 한미 FTA를 강행 추진하
면서부터 나의 절망은 굳어졌다.

노무현 정권은 왼쪽 신호등 켜고 우회전이라는, 혹은 좌

파 신자유주의라는 자조적 레토릭이 정권 핵심에서 나올 정도로 정체성과 지향이 혼미한 그룹이었다. 좋게 말해 순수했고 심하게 말하면 얼치기였다는 뜻이다. 그럼에도 나는 인간 노무현을 믿지 않은 적이 한 번도 없었던 것 같다. 퇴임 후 봉하마을에 칩거한 그의 근황을 접할 때마다 멀리 있는 정인(情人)의 소식을 듣는 것처럼 마음이 설레었다.

그는 열려 있는 사람이었다. 스스로 진화하는 인간이었다. 집권 기간 중의 문제점과 한계를 솔직히 인정했고 그 바탕 위에 결코 포기할 수 없었던 '사람 사는 세상'의 (구호만이 아니라) 실체적 내용과 성취를 구상했던 노무현. 그의 죽음이 지금도 애통한 것은, 퇴임 이후 그의 안에서 본격적으로 성숙해지고 구체화되었던 '새로운 한국 진보정치의 구조물'이 땅을 다지기도 전에 함몰되어버렸다는 것이다.

예순셋에 세상을 떠났지만 그런 의미에서 노무현은 꽃을 피우지 못한 사람이었다. 생각해본다. 그가 살아 있었다면 어땠을까. 금권과 폭압의 씨줄날줄 아래 반영구적으로 망가지고 있는 공화국의 오늘을 그가 그냥 지켜보고만 있었을까. 혹시 터져 나오는 사자후로 한 줌 파시스트 무리를 떨게 만들지는 않았을까.* 고졸 세무전문변호사가 당대

---

* 이 글을 쓴 시점은 박근혜 정부 3년차 때였다.

의 가장 극렬한 인권변호사로 변신했듯이, 스스로 내부에서 진화시킨 웅대한 투지와 구상을 통해 갈가리 찢어진 민주진영을 하나로 모으는 구심점이 되지는 않았을까.

그가 떠난 날을 맞아 봉하마을에 야권이 총집결한다는 뉴스다. 대선을 앞둔 그해 정초에 묘소를 찾았을 때, 맨 앞줄에 도열한 검은 머리 양키와 삼성 장학생들 얼굴이 문득 떠오른다. 마치 자기들이 노무현의 적자인 양 비장한 모습으로 으스대던 그 모습.

그때 기분이 크게 상해 저 무리가 모이는 자리엔 다시는 안 오리라 다짐했다. 오히려 노을이 어둑한 저녁이나, 밤새 잠 못 이룬 새벽에 몰래 그를 찾으리라 생각했었다. 하지만 올해는 가고 싶어도 그곳에 가지 못한다. 그러므로 타국 땅의 늦은 밤, 나 혼자 지내는 추모식의 제문으로 그해 5월에 썼던 글을 다시 올려본다.

봉하마을에 다녀왔습니다

고속도로를 달려 진영 공설운동장에 차를 내려놓고 다시 셔틀버스를 타고 마을 어귀 삼거리에 내렸습니다.

빈소까지 이어진 2킬로미터 정도의 길이 검은색 상복으로 덮여 있었습니다. 저는 버스를 타고 삼거리까지 쉽게

왔지만, 진영읍내에서 그곳까지 수 킬로미터를 걸어오는 분들이 오히려 많았습니다. 유모차를 포함하여 온 가족이 나선 모습도 눈에 띄었습니다. 지긋이 나이 드신 분부터 아빠 품에 안긴 아기까지 봉하마을로 향하는 사람들은 말 그대로 대한민국의 보통 국민들이었습니다.

제가 만난 사람들의 모습을 어떻게 묘사해야 할까요. 비통한 표정인 것은 한결같았습니다. 하지만 검은 정장, 검은 넥타이, 검은 셔츠를 입고 빈소로 향하는 그 얼굴에 서린 분위기는 단순히 슬픔, 분노, 안타까움이란 몇 마디 형용사만으로는 설명이 부족한 무엇이었습니다.

5월 24일 봉하마을을 찾은 분들이 13만 명이라고도 하고 20만 명이라고도 하더군요. 그 놀라운 인원수만큼 각자의 마음속에는 대통령 노무현뿐 아니라 인간 노무현에 대한 만감이 교차했을 겁니다. 제가 그랬듯이 말이지요.

차 안에서 그의 최후를 생각하면서 여러 번 마음이 시렸습니다. 마침내 버스가 마을이 멀리 보이는 길모퉁이를 돌자 옆자리의 할머니가 울먹이며 이런 말을 하시더군요.

"아이고, 고향에 내려와서 잘살아볼라 캤는데 이기 무슨 일이고."

그 한마디에 참았던 제 마음도 무너졌습니다.

오후 4시경에 도착해서 7시 넘어 마을을 나왔는데, 오가는 길에 아는 얼굴을 여럿 보았습니다. 우리 과 젊은 선생님이 어린 아들딸을 데리고 오셨고, 새벽 일찍 가족들과 함께 대전을 출발했다가 돌아가는 충남대학교 이 교수를 만났습니다. 먹먹한 표정으로 빈소에서 나오는 김근태 의원을 보았습니다. 유시민 씨가 한나라당 의원들의 출입을 막아서는 노사모 회원들을 설득하는 안타까운 모습도 보았습니다. 돌아오는 길에 서갑원 의원의 황망한 얼굴을 보았고, 윤증현 기획재정부 장관이 어두운 얼굴로 엇갈려 지나쳐갔습니다.

삼거리에서 마을 입구까지 자동차 통행이 차단되었으니, 권세 있는 자나 없는 자나 부자나 가난한 자나 공평하게 그저 두 발로 걸어 빈소를 향할 수밖에 없었던 거지요. 길 위 하늘에는 KBS와 MBC의 취재 헬기가 떠다니며 수 킬로미터를 걸어 빈소로 향하는 사람들 모습을 부지런히 카메라에 담고 있었습니다. 지칠 법도 한 거리였습니다. 하지만 봉하마을을 향해 이어진 행렬 중에 거리가 멀다고 불평하는 사람은 하나도 보지 못했습니다. 모두가 묵묵히 길을 걸었습니다.

심중에 차오르는 복잡한 마음들은 가지각색이겠지만 차마 입 밖으로 말을 꺼내기 힘든 분위기였지요. 생전에 직접 인연이 없었던 한 자연인을 추모하러 이렇게 많은 이가 먼 길을 마다 않고 걸어가는 것 그 자체가 놀라운 광경이었습니다.

빈소에서 떡 한 조각 얻어먹으며 들리는 주위 이야기로는 가까운 부산은 물론 서울, 전라도, 충청도에서도 많이 오신 것 같더군요. 무엇이 이들의 마음을 움직여 길을 재촉하게 했을까요. 한 발짝이라도 고인의 가까운 곳에서 그저 국화꽃 한 송이라도 바치고 싶은 절실한 마음 아니었을까 생각됩니다.

　텔레비전에서 속보를 들은 지 이틀이 지났습니다. 하지만 저는 아직까지도 미안함인지 비통함인지 분노인지 마음에 소용돌이치는 복잡한 심정을 잘 정리할 수 없습니다. 특히 어제 새벽 권양숙 여사가 휠체어 타고 입관식 들어가는 장면이 지워지지 않습니다. 그녀의 뒷모습 속에 2002년 12월에 노무현 후보가 대통령 당선된 밤의 기억이 떠올랐습니다.

　신임 대통령과 영부인이 손 맞잡고 군중들 환호에 답하던 그 모습 말입니다. 그때 제 마음을 채운 것은 "아 이제 조금이라도 상식이 통하는 세상이 되겠구나. 강한 자가 약한 자를 사정없이 물어뜯는 정글의 세상이 조금은 변하겠구나"라는 작지만 강렬한 두근거림이었습니다.

　그러나 취임 이후에 그가 걸어간 길은 제 개인적으로는 실망의 연속이었습니다. 특히 집권 중기 이후 노골적인 신자유주의 정책에 기울어지던 모습은 결정적으로 제 마음을 떠나가게 했습니다. 그의 인간미를 사랑했고 그가 살아온 인생역정을 신뢰한 만큼, 거꾸로 그를 밀어주었던 수 많은 민초의 기대에 어긋난 갈 짓자 행보에 실망이 컸습 니다.

하지만 그 같은 정치적 입장 차이에도 불구하고, 인간 노 무현의 순수함을 믿는 제 마음은 여전했던 모양입니다. 영 욕의 5년을 보내고 봉하마을로 돌아온 그의 모습이 그리 매력적으로 보였으니까요. 밀짚모자를 쓰고 씨익 웃음 짓 는 그의 모습. 사진 찍는 소녀들 키에 맞추려고 무릎 굽혀 주는 천진난만한 표정이 좋았습니다.

제가 부산에 내려온 둘째 해인 2000년 4월. 부산 북·강 서구 국회의원 선거에서 그가 낙선한 날 밤이었습니다. 소 주라도 한 잔 사고 싶어 낙선 사무실로 전화를 했었던 시 간으로부터 10여 년이 흘렀습니다.

그동안 애증의 굴곡이 적지 않았지만, 봉하마을로 내려 와 '아름다운 전직 대통령'으로 살아갈 그의 미래가 곧 순 환적 민주주의 시스템 착근의 상징이 될 것이라 저는 믿었 습니다. 그러한 마음은 저만이 가진 것이 아니었을 겁니다. 하지만 어제 오늘 봉하마을로 향하는 저 수많은 상복의 행 렬. 국화꽃 한 송이 영정 앞에 바치고 통곡으로 그를 보내 는 사람들. 그 모습을 보면서 제 마음을 채우는 이 아픈 회 오리는 왜일까요.

퇴임 후 시민의 사랑을 받으며 평범하게 살아가는 대통

령 하나 만들어내지 못한, 아니 지켜주지 못한 뒤늦은 비통함과 후회 때문이겠지요. 추악한 권력의 보복에 한 영혼이 갈기갈기 찢어질 때까지 무심하고 냉담했던 제 모습이 그저 부끄럽기 때문이겠지요.

헌화를 마치고 부엉이바위를 보러 갔습니다.

사저 뒤편에 곧바로 보이는 높지 않은 바위였습니다. 인간 노무현이 63세를 일기로 생을 마친 곳. 저 바위 위에서 그는, 자신을 현대사의 거목으로 키워냈고 마침내는 극한의 외로움과 절망 속에 그를 내팽개친 세상을 뒤로하고 알수 없는 어둠 속으로 몸을 던진 것이었습니다.

어둑해져가는 바위를 보면서 이런 생각을 했습니다. 최근 수개월간 노무현 대통령을 둘러싼 온갖 풍설이 사실이든 아니든 중요한 것은 그것이 아니라고 말입니다. 다만 그 순간 제 마음에 섬광처럼 떠오른 것은, 그는 자신의 목숨을 버리면서까지 어떤 가치를 지키려고 했다는 확신이었습니다.

그것은 인간이 인간으로서 살아가게 만드는 양심에 대한 처절한 자기 확인이었을 겁니다. 평생을 두고 지켜온 삶의 원칙과 기준을 그토록 야비하게 짓밟고 물어뜯은 극우 권력과 그 주구들에 대한 한 인간으로서 마지막 항변이었을 겁니다.

타인에게는 끝없이 가혹하면서도 스스로에게는 한없이

관대한 인간들이 포말처럼 부글거리는 세상. 이런 사바의 땅에서 부대끼며 살기에 그는 너무나 순수한 사람이었던지 모르겠습니다. 노무현 대통령님, 부디 환한 웃음으로 극락왕생하시기를 빕니다.

그의 노래 그의 꿈 ── 김판수

1

얼굴도 뵙지 못한 분을 마음에 품고 따르는 일이 생긴다. 김판수 선생님과의 인연이 그렇다.

내 페이스북 글을 보고 먼저 연락을 주셨다. 동갑내기 절친 염무웅 선생님과 함께 식사를 한번 하자고 초대해주셨다. 벌써 작년 여름이다. 그런데 코로나19가 심각해져서 하마나 하마나 하다가 아직까지 만나 뵙지를 못했다.*

지난겨울 일산에 머무를 때 모처럼 서울 나들이를 갔다. 백석의 시처럼 눈이 펑펑 내리는 어느 저녁, 광화문 인근에서 옛 친구 정이숙과 푸른역사 박혜숙 대표와 조영학 번역가와 소주를 마셨다. 그러면서 김판수, 염무웅 두 선생님 이야기를 많이 나누었다.

그깟 서울길이 뭐가 멀다고 KTX 타면 3시간 안짝인데,

---

* 원고를 출판사에 넘긴 후인 2022년 2월 10일, 태어난 날까지 똑같은 김판수·염무웅 선생의 합동 생일잔치가 방배동 길동무재단 사무실에서 열렸다. 그곳에서 마침내 두 분을 만났다.

이후 송경동 시인을 통해 길동무재단 행사 초청을 몇 번
받았는데도 못 갔다. 인연 앞에 성심(誠心)을 다하지 못하
는 나의 얕은 천성 탓이다. 그저 죄송한 마음이다.

2

내가 선생의 이름을 처음 들은 것은 (지금은 세상을 떠난)
김서령 작가가 쓴 월간《신동아》인터뷰를 통해서였다.
SBS인가에서 방영된 덴마크 방문 다큐멘터리를 통해 더
욱 강렬한 인상을 받았다.

인터뷰 글 읽고 나서 답을 하는 인터뷰이(Interviewee)는
기억해도 질문하는 인터뷰어(Interviewer)는 어렴풋하기
쉽다. 그런 까닭일까 마음을 뒤흔든 해당 인터뷰 글을 김

작가가 쓴 것을 최근에야 알았다. 그녀가 쓴 『여자전』도 좋았지만 내 마음속에 더 와닿은 책은 『참외는 외롭다』였다. 추억을 향해 굽이치는 문장, 상한 마음 어루만지는 따스한 글에 개인적으로 위안을 많이 받았더랬다.

그렇게 정성으로 살다가 간 사람이니 김판수 선생이 온몸으로 통과한 삶에 말굽쇠가 떨리듯 공명을 느꼈으리라. 운명의 화인(火印)을 묵묵히 견디는 사람, 김판수라는 인물을 세상의 무대 위로 소환한 이가 김서령이라는 것이 우연이 아닌 이유다.

한 인간의 어깨는 얇다. 그러나 그 위에 실린 역사의 무게는 얼마나 장대한가. 나는 그 사실을 「'유럽 간첩단 사건' 피의자에서 국내 최고 도금 전문가로… 김판수 사장의 인생 유전」이란 김서령의 인터뷰 글에서 목격했던 게다.

3

다음은 널리 알려진 이야기다. 1966년 유학 떠나, 영국을 거쳐 덴마크에서 영화를 공부하던 전도유망한 청년 김판수는 핀란드에서 온 에텔 피카데르와 사랑을 한다. 하지만 시대의 어두운 발톱이 그를 움켜쥐었다. 박정희 정권의 6·8 부정선거 규탄시위를 침묵시키기 위해 중앙정보부가 일으킨 동백림(東柏林) 사건. 그로부터 2년이 지난 1969년 5월, 이른바 '유럽·일본유학생간첩단 조작사건'이 터진 것이다(불시에 연락이 두절된 김판수와 에텔은 2015년이 되어서야 코펜하겐에서 운명적인 상봉을 하게 된다).

간첩단 조작 사건에 연루된 그는 대전교도소 등에서 5년 간 옥살이를 한다. 그리고 그 안에서 스스로 기타를 익히고 작곡의 기초를 익힌다. 모두 11곡을 창작했는데, 김지하의 시로 만든 〈서울길〉을 제외한 나머지 10곡을 직접 작곡하고 노랫말을 지었다. 출소하면서 100여 곡의 대중가요를 필사한 악보 속에 가명 '김민혁'으로 작사·작곡한 11곡을 숨겨 나온 것이다.

김판수 선생이 그렇게 감옥에서 작곡한 노래들을 음반으로 내었다. 우편물이 한 번 행방불명되는 우여곡절 겪은 끝에 그것을 오늘 받았다. 오후 수업에 들어가기 전에 서너 곡을 듣고, 수업 끝나고 또 들었다.

4

음악CD 크기의 케이스를 열면 자그마한 USB에 녹음된 노래들. 맨 위에 수록된 〈서울길〉부터 듣는다. 선생의 목소리가 흘러나온다(7번 트랙에 다른 가수가 부른 같은 곡이 있는데, 선생의 노래가 압도적으로 더 좋다). 칠순을 훌쩍 넘긴 나이가 무색할 만치 목소리가 맑다. 담담하게 울리다가 때로는 끝이 살짝 가라앉는 노래의 깊이가 범상치 않다.

간다 울지 마라 떠나 간다
흰 고개 검은 고개 목마른 고개 넘어
간다 울지 마라 나는 간다

이 노래는 선생의 옛 친구인 김지하의 시에 곡을 붙인 것
이다. 유신의 독이빨 아래 몸과 마음이 다 찢긴 친구를 찾
아간 순수한 우정. 그에 대하여 김지하가 되돌려준 오만과
무심에 대한 이야기를 어느 글에선가 읽었다. 비단 김지하
뿐일까. 슬픔, 외로움, 피와 땀을 통과하고서야 비로소 인
생의 작은 문 앞에 도달하는 모순된 운명. 그 만감 어린 교
차가 노래 속에 숨어 있다 느꼈다면 내가 과민할 걸까.

언젠가 돌아오리
웃음꽃 환히 꽃피어 돌아오리라.

태평소 곡조에 어우러진 그러한 애달픔이 떨리듯 배어
있는 거였다.

5
김서령과 나눈 예의 인터뷰에서 김판수 선생은 이렇게
말한다.

외할머니와 동생 둘과 갈현동에 살고 있을 때였죠. 친구가 "판수야" 불러서 나갔는데 그 친구 낯빛이 새파랗게 질렸어요. 뒤에서 어떤 사람 둘이 나오더니 "잠깐 갑시다!" 하며 옆에 서는 거죠 뭐.

그렇게 남산 중앙정부부로 끌려간 첫날부터 시작된 매질.

김서령: 물고문, 전기고문…그런 것도 받으셨나요?

김판수: (웃으며 대답을 비켜버린다) 가지가지 맛이야 봤지요. 심하진 않았어요. … 고춧가루를 타서 들이부어도 말하기 싫은 건 말하기가 싫데요. 날더러 겉보기엔 약해 보이는데 의외로 악질이라고 하더라고요, 하하….

김서령(묘사): 그런 이야기를 할 때 김판수 선생은 이상할 정도로 맑게 웃었다.

6

저녁에 학위논문 지도가 있었다. 그걸 마치고 남은 노래를 다 듣는다. 수록된 14곡 가운데 특별히 좋았던 것은 〈동상이몽(同床異夢)〉이었다.

너는 나에게 사랑을 맹서받고
나도 너의 사랑을 믿었지만

너의 기쁨 나의 아픔 안에 있고

너의 행복 나의 피땀 안에 있네

언제부터일까 너는 너의 꿈

나는 나의 꿈

서로 다른 꿈 꾸고 있었네

이별곡이다. 사람과 헤어지고 세상과 이별하는 노래다. 다른 곡들이 대개 씩씩한 기상인 데 반해 애잔한 슬픔이 스며 있다. 스물일곱 꿈 많던 청년이 중앙정보부 지하실로 끌려갈 때, 서대문 구치소 독방으로 들어갈 때, 그리고 대전교도소로 떠밀려 갈 때 혹시 그의 마음이 이렇지 않았을까. 에텔과 끝내 연락이 끊어졌을 때는 또 어땠을까.

〈돌아가리라〉도 좋았다. 이 노래는 앞선 노래와 전혀 다르다. 희망의 곡이다. 꽹과리와 북이 울리고 굵직한 목소리가 기운차게 외친다.

돌아가리라 떠나온 곳으로

돌아가리라 그리운 곳으로

어둠 속에서도 간직했던 희망

시련 속에서도 지켜온 사랑

헛되지 않고 빛날 수 있도록

돌아가리라 새로운 삶으로

현대사의 간난신고를 온몸으로 뚫고 이제 진보 문화판의 키다리 아저씨가 된 김판수 선생. 그가 종내 포기할 수 없었던 꿈이 덩더쿵 장단 아래 어깨 들썩이며 춤을 춘다.

7

김판수 선생은 음반 속 내레이션에서 이렇게 말한다. 사람답게 사는 길이 뭔가를 5년간의 감옥생활을 통해 알게 되었다고. 독재의 감옥을 통과하면서 자유와 평등 평화의 세상을 향한 사람의 도리를 알게 되었다고. 그래서 이 노래들을 짓게 되었다고.

밤 10시. 음반을 다 들었다. 집으로 가야 하는데 의자에 우두커니 앉아 있다. 무엇인가 내 안을 채우고 있다. 이 감정이 어떤 것인가를 가만히 만져보고 있다. 완전히는 다 모르겠다. 하지만 한 가지 알아지는 것은 있다.

그의 노래는 희망이라는 것, 간절함이라는 것. 그렇게 50여 년 전 어두운 창살 안에서 심었던 민들레 씨앗이 바람을 타고 날아올라 내 가슴속에 친구들의 가슴속에 꽃을 피우고 있는 것이다.

선생이 평생을 두고 포기할 수 없었던, 어떤 꿈을 나도 함께 꾸었으면 좋겠다.

애썼다, 친구야 ─ 하응백

1

하응백의 자전소설 『남중(南中)』을 읽었다.

소설의 화자이자 작가 그 자신인 응백은 내 어릴 적 친구다. 우리 집 뒷집 뒷집에 엄마와 둘이 살았다. 그와 내가 언제부터 친구가 되었는지는 알 수 없다. 아버지가 마련해줬다는 그 집에 응백이가 이사 온 것이 갓난쟁이 갓 벗어났을 때였고 아홉 살이 되어 동네를 떠났다. 그러니 아마 걸음마 시작하고 말문이 트이면서부터 우리는 친구였으리라.

내 기억에 남아 있는 것은 둘이 잘 어울려 놀았다는 것. 그러면서도 무던히 많이 싸웠다는 것이다. 오래전 응백의 어머니 김벽선 여사가 내게 이런 말을 하신 기억이 난다.

"야 얼굴에 '까리핀(할퀸)' 자국은 다 동규 니가 만든 기다"라고.

소설을 읽으면서 여러 번 코끝이 찡했다. 오래전 누나한테서 내 어머니와 그보다 아홉 살 어린 응백 어머니가, 감나무가 서 있던 달성동 그 골목 동네에서 어떻게 서로를 위로하고 마음을 주고받았는지 들은 기억이 있기 때문이다.

응백은 초등학교 3학년 때 대구 남쪽의 명덕초등학교로 전학을 했다. 철들기도 전에 헤어진 셈이다. 그가 나를 어떤 친구로 기억하고 있는지는 모른다. 하지만 형제들과 나이차 많은 막내였던 나, 엄마와 단둘이 살던 응백이었으니 깨복쟁이 친구 중에서도 감정이 남달랐을 거라는 짐작은 한다.

2

응백은 고등학교 시절 문예반장이었다. 그가 다닌 대건고등학교 문예반은 1970년대 중후반 '날리던' 곳이었다. 두 해 위에 시인이자 평론가인 박덕규가 있었고 한 해 아래에 시인 안도현이 있었다.

나도 다니던 학교의 문예반이었다. 2학년 때였던가, 동아백화점 화랑에서 시화전을 했다. 두 개의 시화를 벽에 걸었다. 하나는 겨울 산사(山寺)를 묘사한 치기 어린 내용이었다. 다른 하나의 제목은 지금도 선명히 기억난다.

「가을밤, 만월(滿月)의 언덕에서」.

어릴 적 동네 뒤 언덕에 올라 쳐다보았던 한가위 보름달의 추억을 썼다. 꼬맹이 시절 기쁨과 슬픔의 추억을 언덕 위에 둥실 떠오른 달에 실었다.

학교 수업을 마치고 전시장에 들르니 누가 자그마한 꽃

하나를 시화 액자 밑에 붙여놓았다. 그리고 쪽지에 이렇게 써놓았다.

"뭉클하다 동규야."

웅백이가 나 없는 새 다녀갔던 모양이다. 내 추억은 곧 그의 추억이기도 했겠지. 짧은 메모에 담긴 따뜻한 마음이 오랫동안 내 안에 남았다.

1979년 3월부터 나는 회기동 웅백이 자취방에 잠시 얹혀 살았다. 둘 다 대학 신입생 때였다. 우리 집이 워낙 힘든 때였고, 큰누나가 웅백 어머님께 서울 거처가 마땅치 않은 나를 부탁했던 것으로 기억한다.

얼마 안 가 나는 다른 곳으로 거처를 옮겼다. 그렇게 졸업을 하고 각자의 길을 걷기까지 드문드문 안부 전화를 주고받았다. 중간에 한 번 만나기는 했었던가. 시간이 급한 물처럼 흘렀다. 이제 그도 나도 환갑을 눈앞에 둔 나이가 되었다.

내가 겪은 세월의 풍파만큼 그도 자신의 풍파를 통과했으리라. 한 다리 건너 친구들 통해 어떻게 사는지 간간이 소식을 들었다. 황동규를 전공하는 문학평론가로 일가를 이루었다는 것. 대학 교수를 하다가 출판사를 차렸다는 이야기. 월남하신 아버지 취미를 이어받아 낚시의 고수가 되었다는 것. 그리고 인사동의 어느 맛있는 고기 집에 가면 만날 수 있다는 이야기.

3

남중은 주인공 이름들이 실명으로 등장하는 소설이다. 연작이지만 총 분량이 174쪽으로 그리 길지 않다. 작가는 3부작의 첫 번째인 '김벽선 여사 한평생'을 자기 페이스북에 미리 공개했다.

그 초고를 읽으면서 나는 직감했다. 이 자전소설은 '김 자 벽 자 선 자' 어머님과 '하 자 창 자 서 자' 아버님에 대한 해원(解冤)굿이라고. 하지만 무엇보다 인간 하응백이 걸어온 자기 평생에 대한 해원일 것이라고.

자기를 만들고 상처 준 과거를 회피하지 않을 때 우리는 스스로 트라우마 앞에 정면으로 마주 설 수 있다. 그것은 때로 한이라고 불리고 무의식의 심연이라고도 불린다. 아무리 고통스럽더라도 이러한 직면(直面)의 과정을 통과하지 않으면, 어느 누구도 자기 안의 상처를 치유할 수 없는 것이다.

짐작건대 응백이 이 소설을 구상한 것은 매우 오래전이었을 것이다. 그러한 그가 문장을 다듬고 책으로 출판하리라 결심한 것은 어떤 의미였을까. 나는 그것을, 장년기를 통과하는 응백이 자기 평생의 중요한 매듭을 짓는 한 의식을 치르는 것이라고 생각한다.

스스로를 만들고 때로는 뒤흔든 존재의 뿌리를 담담히 바라본다는 것은 쉽지 않은 일이다. 인생 앞에 겸허하고 성숙하지 않으면 그 지경에 이르기 어렵다. 지금 그러한 언덕을 넘어가는 웅백의 발걸음이 의미심장하게 받아들여지는 이유다.

육순에 웅백을 낳은 아버지 이야기는 내가 잘 몰랐던 대목이다. 대충 짐작은 했지만 이리 자세한 이야기는 소설을 통해 처음으로 알게 되었다.

웅백은 겉으로는 천의무봉하게 보인다. 하지만 (내가 아는 한) 그의 안을 채우고 있는 것은 쓸쓸하고 외로운 '홀로 된 자'의 정서다. 나는 소설을 통해 웅백의 삶을 관통한 그러한 파토스가 어디에서 비롯되었는지 더듬어볼 수 있었다.

특히 강원도 양양 낙산사 앞 바다에서 부친에게 헤엄을 배우는 대목이 그러하다. 실향민 출신 아버지가 어릴 적 압록강에서 배운 '모자비 헤엄'을 아들에게 가르쳐주는 모습. 그렇게 배운 허술한 영법(泳法)으로 동네 아이들과 물안경 끼고 자맥질하던 꼬맹이 웅백의 모습.

빙그레 미소가 지어지면서도 마음 한구석이 애처로움으로 젖어 든다. 그 두 번의 여름이 평생 동안 웅백이 자기 아버지와 가장 온전히 보낸 시간이었다던가.

그의 모친을 생각하면 어쩔 수 없이 떠오르는 것은 내 어머니다. 웅백은 아버지의 부재 속에서 등뼈 꿋꿋한 독립적 인간으로 자라났다. 거꾸로 나는 일찍 세상을 떠난 어머니의 부재 속에 머리가 굵어졌던 게다. 이 역설적 공감이 소설의 제2부 '하 영감의 신나는 한평생'을 읽으면서 내 마음 안에 가장 뚜렷이 각인된 감정이었다.

4

소설 제목이 된 '남중'은 연작의 3부 제목이기도 하다. 작가가 철원 휴전선 근방에 근무하던 군인 시절, 돌풍에 GOP 가설변소의 지붕이 날아간다. 그때 뚫린 지붕으로 쏟아져 들어온 정오의 햇살. 태양과 하늘과 입과 내장과 항문과 지구의 구덩이가 일직선으로 놓이는 통쾌한 자타 일체의 순간, 그것을 응백은 '남중'이라고 표현한다.

큰 스님은 이 순간을 대오각성이라고 부르리라. 기독교인은 이 순간을 구원의 빛살이 비쳤다고 말하리라. 문학하는 사람은 이 지경을 문학의 신이 강림하는 찰나라고 표현하리라. 사람의 일생에 이런 순간이 얼마나 자주 올까. 작가는 훗날 담양 소쇄원 근처 명옥헌에 갔다가 수백년 고목의 배롱나무 꽃을 보고 다시 한번 몰아일치의 황홀경을 경험한다.

하지만 3부에서 내게 가장 강력한 인상을 준 것은 박정만 시인 이야기였다. 1981년 이른바 한수산 필화사건으로 전두환 보안사의 서빙고분실에 잡혀 들어가 일주일 동안 당한 고문. 그 참혹한 폭력이 한 여린 심성을 가진 시인의 영혼을 어떻게 부숴버렸는지가 다음 대목에 고스란히 올라와 있다.

폭력을 행사하는 인간이나 폭력에 무방비로 당하는 인간이나 모두, 그들이 생각하기에는 인간이 아니기 때문이다. 서정적 인간에게 인간성에 대한 믿음과 확신이 사라지면, 절망과 분노와 오열과 무감각이 남는다. 그들에게 삶은 더 이상 인간의 삶이 아니다.

시대에 대한 이러한 성찰이 일회적이지 않은 것은, 뒷부분에 응백이 겪은 (소위) 문화예술인 블랙리스트 사건의 묘사 때문이다. 그는 만담처럼 술술 읽히는 스토리텔링을 통해 지난 정권 문체부 블랙리스트 사건 증인으로 출석한 순간을 이렇게 묘사한다.

(박근혜 정권이) 문학적인 이유가 아닌 정치적인 이유로 그 지원 결정을 철회한 것은 명백한 검열이고 직권남용이라고 말했다. 심의 때 그런 위력을 행사하는 자는 정권이 바뀌면 감옥에 갈 거다, 라고 했다.

그러니 내 어릴 적 친구 응백은 튼튼한 전나무 같은 어른이 된 것이다. 스스로 슬픔을 고요히 응시하면서도 일그러진 세상에 대한 정직한 분노도 잃지 않은 인간이 된 것이다(내 그럴 줄 알았다).

　겨울방학이 되어 서울 가면 인사동에 가야겠다. 둘 다 머리가 허옇게 된 달성동 골목길의 두 꼬맹이가 수십 년 만에 재회하는 것이다. 그때 차분차분 그에게 소주를 따라주며 나는 이렇게 말하리라.

"사느라 애썼다, 응백아."

　그러면 그는 아득한 기억 속 철둑길 옆 동네 소년으로 돌아 가련가. 어릴 적 그 수줍은 미소를 지으며 이렇게 화답하련가.

"그래 너도."

너의 사람을
너의 슬픔을
너의 고독을

두 팔 가득 보듬고 살아가라

하늘이 있고 나무가 있고
함박눈이 내리지 않느냐

따스해져라 따스해져라

타닥타닥 불꽃 튀기는 저 톱밥난로처럼

3장

함께 걷는 길

환상이 현실을 대체하는 세상은 불온하다

1

매회 챙겨보지는 않았다. 그래도 주위에서 하도 재미있다고 해서 가끔 시청했다. 사필귀정, 거악응징 드라마의 쌍두마차 〈빈센조〉와 〈모범택시〉 말이다. 전자는 노골적 B급 정서를 지향하는 블랙코미디. 황당한 스토리 전개가 가관이다. 난데없이 (한국 혈통) 이탈리아 본토 마피아 변호사가 등장한다. 프로타고니스트와 안타고니스트 양쪽에서 줄줄이 사람을 죽여도 수사기관은 하품만 하고 있다. 팩트 체크를 생각하면 도저히 봐줄 수 없는 수준이다.

후자는 요 몇 년 사이 세상을 떠들썩하게 만들었던 실제 사건에서 주로 모티브를 가져왔다. 예를 들어 모 웹하드 기업 회장의 엽기잔혹 스토리 같은. 상대적으로 좀 더 사실적인 설정인 셈이다.

두 드라마의 공통점은 인물 설정, 미장센, 대사에서 모두 노이즈가 강하다는 거다. 특히 〈모범택시〉는 등장인물 모두 시작부터 끝까지 그저 빽빽 소리를 지르는 느낌이다.

늦은 밤에 보고 나면 꿈자리가 뒤숭숭할 정도다. 잔인한 장면을 기준으로 하면 〈빈센조〉가 한 수 위다. 최종회에 등장하는 '참회의 창'인가 뭔가 하는 살인도구는 (끔찍을 넘어) 참신하다 싶을 정도로 임팩트가 강했다.

2

사회학자 겸 철학자 장 보드리야르는 어떤 대상을 상대로 복제된 물건이 원본보다 더 현실 같은 경우 그렇게 만들어진 가상현실이 진짜 현실을 대체해버린다고 말한다. 의도적으로 창조된 가공의 이미지를 사람들이 현실처럼 받아들이는 게다. 이것이 이른바 시뮬라크르(Simulacres)다.

1955년부터 캘리포니아 에너하임에서 문을 연 '디즈니랜드'가 대표적이다. 월트 디즈니가 창조한 이 초대형 놀이공원에서는 미키마우스와 백설공주가 입장객들을 맞이한다. 하지만 이들은 그저 사람이 분장한 실물 크기의 캐릭터일 뿐이다. 모두가 그 사실을 안다. 그럼에도 불구하고 사람들은 (특히 어린이들은) 그곳에서 만나는 미키마우스를 마치 살아 있는 존재인 양 착각한다. 가상의 이미지가 현실 속에서 고스란히 관철되는 것이다.

보드리야르는 심지어 미국이란 나라 전체를 '거대한 디즈니랜드'라고까지 부른다. 주류 기득권에 의해 만들어진 사회문화적 환상(illusion)이 구조적 불평등을 대체하고 은

폐하기 때문이다. 멀리 갈 것도 없다. 온갖 해프닝을 벌이다 재선에 실패한 트럼프 대통령이 재임 기간 내내 외쳤던 슬로건이 무엇인가. '위대한 미국'이다. 극단적 빈부격차, 인종차별, 총기문제, 의료보험 문제 등 온갖 구조적 모순을 안고 있는 미국이 과연 그렇게 위대한가?

3

영화 역사상 시뮬라크르가 가장 선명하게 실현된 것은 1999년에 개봉된 〈매트릭스(Matrix)〉다. 이 영화를 제작, 감독한 워쇼스키(Wachowski) 형제가 보드리야르에 얼마나 깊은 영향을 받았는지는 영화 그 자체가 증명한다. 스토리를 관통하는 주제에서부터 세부 장면까지 모두 그렇다. 예를 들어 영화의 초입부에 주인공 '네오'(키아누 리브스분)가 해킹된 하드디스크를 악당들에게 전해주는 장면이 나온다. 이때 카메라가 물건을 숨겨놓은 책 표지를 비추는데, 그것이 바로 보들리야르가 쓴 『시뮬라크르와 시뮬라시

옹』인 것이다.

영화에서 현실 속 인간들은 그저 인공지능 기계들에게 에너지를 공급하는 생체 배터리로 사육될 뿐이다. 하지만 그러한 '피사육(被飼育) 인간'의 두뇌 속에 심어진 디지털 가상현실 즉 '매트릭스'를 실제 세상이라고 여긴다. 기계가 창조한 환상의 세상에서 행복을 만끽하며 비루한 생명을 이어가는 것이다.

보드리야르는 이처럼 현실을 대체하는 환상이 의도하든 않든 간에 세상의 질곡에 대한 사람들의 비판의식을 거세시킨다고 갈파한다. 뒤통수에 전극이 꽂힌 채, 자그마한 강철 사육통 안에서 평생을 잠이 든 채 살아가는 영화 속 인간들처럼.

4

이 지점이야말로 2021년 현재 대한민국에서 〈빈센조〉와 〈모범택시〉 같은 히어로 드라마들이 폭발적 인기를 끄는 현상을 이해하는 열쇠가 된다. 코로나19 사태가 몰고 온 미증유의 통제와 생존위기, 거기에다 언덕 아래로 바위가 구르듯 뒤숭숭한 정치상황까지. 뭔가 사람들 마음이 불안하고 꽉 막혀 있기 때문이다.

언필칭 촛불정부가 들어서고 개혁의 나팔소리가 하늘 높이 솟구쳐도 강자의 이익이 철저히 관철되는 경제법칙은

변함이 없다. 정글 같은 경쟁사회의 본질은 아무리 시간이 흘러도 별로 달라진 게 없어 보인다. 혈로가 차단된 느낌이랄까 명치에 무지근한 덩어리가 얹힌 듯하달까 그런 심정인 게다. 이럴 때 톡 쏘는 탄산음료 같은 가상현실이 대중들의 막힌 속을 뻥 뚫어주고 쾌감을 선사하는 것이다.

물론 사람들도 인식한다. 저런 쾌도난마와 권선징악이 실제 현실 속에서는 불가능하다는 사실을. 어차피 이것은 만화 같은 설정이라는 것을. 하지만 역설적으로 그렇기 때문에 더욱 환상에 끌리는 것이 대중심리다. 드라마가 상영되는 50분간만이라도 현실을 잊을 수 있기 때문이다. 주먹에는 더 큰 주먹으로 응징하고, 교활하고 악한 놈은 더 큰 교활과 폭력으로 뭉개버리는 모습에 짜릿한 대리만족을 누릴 수 있기 때문이다.

5

그러나 분명한 알아야 할 사실이 있다. 이처럼 가상현실로 사람들의 억눌린 욕구를 해소해주는 사회는 불온한 사회라는 것이다. 건강한 공동체가 아니라는 뜻이다. 더운 여름날 탄산음료가 잠시 갈증을 없앨 수는 있어도 금방 다시 목이 말라오는 것처럼.

우리가 꿈꾸는 세상은 조금은 다른 곳에 있어야 하지 않을까. 〈빈센조〉나 〈모범택시〉 같은 판타지가 아니라 진짜

현실 속에서 초일급 악당들이 모조리 (설렁설렁 말고) 뼛속
까지 죗값 치르는 세상 말이다.

만인에게 공평한 법과 제도가 생생하게 작동하는 곳. 이
를 통해 정치·경제·사회적 불평등과 부조리 그리고 그것
을 배태한 구조적 거악이 무 베듯 잘려 나가는 사회. 사람
들은 하루빨리 그런 통쾌한 세상을 만나고 싶은 것이다.

우리 학교 이야기

나는 눈물이 많다. 책을 읽으면서도 울고 영화를 보다가도 자주 운다. 코끝이 시큰해지고 눈시울이 붉어지려는 순간, 그러한 스스로를 발견하고 화들짝 놀라기도 한다. 이럴 땐 가끔은 부끄럽고 가끔은 한심하단 생각도 든다. 이 나이나 되어서.

저녁에 영화 하나를 보면서도 그랬다. 따지고 보면 결코 슬픈 영화가 아닌데. 경상도 사투리가 역력한 내레이터(감독 그 자신이다) 목소리가 배경에 깔린 그저 담담한 다큐멘터리일 뿐인데. 그것도 나온 지 여러 해가 지난 영화인데. 그랬는데도 첫 배경음악이 나오면서부터 이상한 예감이 들었다. 아니나 다를까 중간 중간 콧물을 훌쩍이다가, 마지막에 아이들이 함께 나와 노래를 부르는 졸업식 장면에서는 작정하고 울어버렸다.

김명준 감독이 각본을 쓰고 찍은 〈우리 학교〉가 바로 그 영화다. 일본 '혹가이도 조선초중고급학교'(영화 속에 나오는 맞춤법 그대로 썼다)를 소재로 다룬 작품이다. 이 학교는 조총련 계열의 민족학교. 영화 뒷부분에 이런 자막이 나오는데 이 문장 속에 해당 학교의 역사와 의미가 다 녹아 있다.

> 일본에서 학교를 세우고, 조선어 교과서를 만들고, 재일 조선인 교사가 가르치고, 그 부모가 학교를 운영하였다. 재일 조선인은 그 모든 것을 자력으로 이루어냈다.(오자와 유사쿠, 『재일 조선인 교육의 역사』)

재일 조선인 1세 할머니가 해방 직후 조선인 학교 개교 시기를 회고하는 대목이 있다. 그처럼 일본 관헌들이 총칼로 협박하는 것을 그야말로 맨몸으로 뚫고 싸우며 학교를 지켜냈다는 것이다.

민족학교들은 비정규학교라서 일본에서 학력을 인정받지 못한다. 총련계 조선대학을 제외한, 일본 내 일반 대학에 진학하려는 고급학교(고등학교) 졸업생들은 모두 검정고시를 통해 학력을 새로 인정받아야 한다. 재일동포들이 많이 사는 오사카나 도쿄에 비해 훅가이도 조선초중고급학교는 환경이 더욱 열악하다. 한반도 크기의 3분의 2나 되는 훗카이도 전체에 사는 재일동포가 고작 6,000여 명에 불과하기 때문이다(한국 국적, 북한 국적, 조선적을 모두 포함해서 그렇다. 해방 후 재일동포들의 국적취득에 대한 마음 시린 이야기는 도쿄경제대학교 서경식 교수의 책들에서 정리가 가장 잘

되어 있다).

등하교가 불가능할 정도로 집이 멀리 있는 아이들은 초, 중, 고 12년을 기숙사에서 사는 경우가 많다(최전성기 때는 기숙사생이 200명이 넘었다 한다). 이럴 때 아이들에게 학교는 집이요, 가족이요, 아니 세계의 대부분인 것이다. 그래서인지 영화에 등장하는 아이들과 선생님들은 자신의 학교를 너무나 자연스럽게 이렇게 부른다. "우리 학교."

이 명칭 안에 모든 것이 다 들어 있는 것이다. 총련계 동포사회에서 민족학교가 차지하는 거대한 정서적, 심리적, 사회적 비중을 영화를 보면서 나는 처음 알았다. 납치사건이니 미사일 발사니 대북 관련 외부정세가 격화될 때마다, 백주 대낮에 시퍼런 칼로 동포 여학생 치마저고리를 갈가리 찢는 사회가 일본이다. 그 혹독한 환경 속에서 '우리 학교'는 아이들과 선생님과 학부모들을 하나로 묶어내는 정체성의 뿌리요, 민족적 자존심의 근원인 것이다.

영화는 통일문제와 해방 이후 재일동포에 대한 남한당국의 참담한 무관심('버릴 棄' 자와 '백성 民' 자를 써서 기민정책이라 불린다) 등에 대한 만만찮은 화두를 던진다. 하지만 그런 무거운 주제만 있는 건 아니다. '우리 학교'에 오지 않았다면 야쿠자가 되었을지 모른다는 아이의 어눌한 고백이 강렬하다. 팀원 6명뿐인 희한한 여자 농구팀의 도전이 있다. 일본 고등학교와 축구 대결에서 지고 난 후 오랫동안

분한 눈물 흘리는 소년의 투지가 있다. 무엇보다 함께 울고 웃는 학교생활을 통해 자아를 찾고 정체성을 구축해가는 동포 소년소녀들의 감동적인 고백이 눈부실 만큼 싱그럽다.

러닝타임 2시간이 넘는 영화의 메시지를 한마디로 요약하기는 쉽지 않다. 그래도 굳이 내 생각을 밝혀보라면, 2주간의 조국 방문(여기서 '조국'은 한반도 북쪽의 인민공화국이다)을 마치고 일본으로 돌아오는 만경봉호에서, 우리 학교 고급부 3학년생들이 던진 목소리가 영화의 핵심 주제가 아닌가 싶다. 아이들은 원산 부두에 배웅 나온 아바이, 누나, 선생님들을 향해 눈물을 흘리면서 이렇게 외친다.

"우리를 잊지 말아 주세요!"

이것은 해방 이후 70여 년 이상 구 식민지 종주국에 버려진 듯 고통하며 살아가는 60만 재일동포들의 한 맺힌 목소리다. 핏줄의 나라, 모국을 향해 부르짖는 아픈 사모곡인 것이다. 그리고 그리고 좀 더 내용을 이야기하고 싶지만 참는다. 아직 '우리 학교'를 방문하지 못한 분들께서 직접 등교해보시라는 의미에서.

인터넷 포털사이트 영화 코너에 가시면 소장본을 내려받을 수 있다. 〈태극기 휘날리며〉 마지막 장면에서 소리를 참으며 울어보신 분. 〈우리 생애 최고의 순간〉 끝난 후 눈물 표시 날까 봐 관객들 다 나갈 때까지 자리에 앉아 있어

본 사람. 당신이 둘 중 하나에 속하신다면 틀림없이 이 영화 보면서 0.001리터의 눈물쯤은 넉넉히 흘리실 것으로, 확신한다.

시대의 광기와 사람다운 삶

1

겨울밤, 오래된 영화를 봤다. 〈패왕별희(覇王別姬)〉. 1993
년 첫 상영 당시 잘라낸 15분을 추가한 완전판, 이른바
〈패왕별희 디 오리지널〉이다. 알다시피 이 작품은 유명한
경극(京劇) 제목을 영화 이름으로 빌려왔다. 한나라를 창업
한 유방과 천하쟁패를 겨룬 초패왕(楚覇王) 항우. 그와 일
생의 연인 우희(虞姬) 사이의 비극적 사랑과 죽음을 다룬
공연극이다.

이 경극의 정점은 사면초가에 빠진 항우의 탈출을 위해
우희가 칼로 자기 목을 찌르는 장면이다. 사마천은 『사기
(史記)』「항우본기(卷七. 項羽本紀)」에서 쓰러진 우희를 안고
패왕이 부른 애절한 노래를 다음과 같이 전한다. 이름하여
「해하가(垓下歌)」다.

힘은 산을 뽑고 기운은 세상을 덮지만
때는 불리하고 추(오추마, 烏騅馬)는 가지 않는구나.

추가 가지 않으니 어찌하면 좋을고

우희야 우희야 어찌하면 좋을고.

영화 〈패왕별희〉는 어떠한가. 경극 연습장에서 어린 시절을 함께한 의형(義兄)을 사랑하게 된 데이(蝶衣, 장국영 분). 경극에서 주인공 우희를 연기하는 이 남자 또한 이룰 수 없는 사랑에 절망한다. 패왕과 우희의 고사를 이중적 메타포(metaphor)로 차용한 것이다. 하지만 커튼을 열어보면 또 다른 이야기가 숨어 있다.

일본의 침략 시점부터 문화대혁명에 이르기까지 짐승처럼 헐떡이는 투쟁이 천지를 물어뜯던 중국 현대사. 그 수십 년을 관통하며 그저 사람답게 살고 싶어 몸부림친 샤오루(段曉樓, 장풍의 분)와 주셴(菊仙, 공리 분) 부부의 비극. 발버둥을 치다 치다 결국에는 갈가리 찢겨버리는 두 사람의 운명 말이다.

최고의 패왕 연기 배우와 한낮 기루(妓樓)의 여인으로 만났지만, 평생을 두고 가슴속 붉은 마음(丹心)을 놓지 않았던 샤오루와 주셴. 이들의 애달픈 사랑이 러닝타임 171분 내내 관객의 가슴을 찌른다. 하지만 이 작품은 단순히 사랑의 의미를 묻는 영화만은 아니다. 격동하는 역사와 압도적 스토리 너머에 조용히 숨을 쉬며 관객을 지켜보는 괴물이 있다. 손안에 움켜쥔 과자처럼, 인간의 삶을 함부로 바

수어 삼키는 시대의 광기 말이다. 이 영화는 그 괴물에 대한 증언이기도 한 게다.

2

가장 강렬한 캐릭터는 역시 장국영이다. 이 영화는 마흔여섯에 스스로 세상을 등진 그의 전성기였던 서른여섯에 찍었다. 잊지 못할 장면은 어느 비 오는 밤이다. 닥쳐올 문화대혁명의 광기를 피하려고 집 안에서 의심 살 만한 물건을 태우던 샤오루와 주센. 두 사람이 어두운 격정에 빠져 사랑을 나누는 모습. 그것을 창밖에서 몰래 지켜보다 쓸쓸히 돌아서는 데이의 눈빛이었다.

영화 속 데이는 동성애자다. 남자에게도 여자에게도 온전히 포함되지 못하는 경계인인 게다. 정치와 예술 어느 쪽에도 속하지 못하고 허공을 부유한다. 그러한 정체성의 허무를 견디기 위해 아편중독에 빠지고, 경극 속의 우희에게 자신을 병적으로 투영시킨다. 영화의 중요 장면마다 그가 부르는 노래 가사는 이렇다.

"나는 원래 사내아이로 태어나서 계집아이가 아닌데."

이 구절이 데이의 한평생을 표상한다. 나아가 패왕별희가 경계인의 운명을 다루는 영화임을 암시한다. 떠올려보면 예술 자체가 그러한 것 아닌가. 인간의 땅에 발을 디딜 수도 없고 신의 하늘을 날아다닐 수도 없는 이카루스. 예술 하는 자의 삶을 채우는 것은 어찌 못할 불완전과 공허다. 그러한 불일치의 에너지가 역설적으로 그를 무대로 밀어낸다. 미친 듯 춤추고 노래 부르고 붓을 휘두르게 만드는 것이다.

또 한 명의 인상적인 인물은 천하의 악종으로 등장하는 데이의 후계자다. 나는 영화를 보면서 이 배은망덕한 캐릭터가 각본을 쓰고 감독한 첸 카이거의 젊은 시절 모습이 아니었을까 생각했다. 1952년에 태어난 카이거는 문화대혁명이 발발한 1966년 고작 14세였다. 그럼에도 미친 듯이 홍위병의 붉은 완장을 휘둘렀다. 죄 없는 자기 아버지를 국민당 스파이로 고발한 철부지였다고 한다.

이 점에서 첸 카이거가 영화에서 가장 인간적인 인물로 주셴을 설정한 것은 당연한 귀결로 보인다. 비록 기루에서 몸을 파는 창부였지만 일평생 한 남자에게 헌신한 여인. 마침내 그토록 사랑했던 남편의 배신 앞에 목을 맨 사람. 주셴이야말로 황폐한 홍위병 시절을 관통했던 감독 첸 카이거의 뼈아픈 반성이 만들어낸 이상적 인간상이 아니었을까 한다. 소박하게 생각하고 꿋꿋하게 사랑하고 사람답게 살다 죽는 그런 사람 말이다.

그러므로 이 영화는 앞뒤 분간 못하고 이념의 광기에 미쳐 날뛰던 천둥벌거숭이 첸 카이거가 비로소 '어른'이 되어 제출한 고해성사였던 것이다.

3

〈패왕별희〉가 발표된 1993년은 중국의 제5대 국가주석으로 장쩌민이 취임한 해다. 하지만 권력의 정점에는 여전히 덩샤오핑이 있었다. 문화대혁명 전 과정을 통해 (처참한 죽음을 맞이한 류사오치의 뒤를 이어) 반동 주자파 2인자로 몰렸던 덩샤오핑. 그가 장시(江西)성 난창(南昌)의 트랙터 수리공장에서 3년 4개월의 하방(下放)을 끝내고 오뚝이처럼 복귀한 것이 1973년이다. 그리고 3년 후 마오쩌둥이 죽고 덩샤오핑은 공산 중국의 지배자가 된다. 그가 추진한 개혁개방 정책이 본격적 발전 궤도에 접어든 때가 영화가 나온 시점과 비슷한 것이다.

1981년 6월 중국 공산당 제11기 중앙위원회 제6차 전체회의는 결의를 제출했다. '건국 이래의 역사적 문제에 관한 당의 결의'라는 제목이었다. 이 결의문은 "문화대혁명은 당·국가·인민에게 가장 심한 좌절과 손실을 가져다준 마오쩌둥의 극좌적 오류며, 그의 책임"이라고 규정한다.

문화대혁명은 조반유리(造反有理)를 부르짖으며 영구혁명을 꿈꾼 마오쩌둥 이념의 절정이었다. 하지만 그러한 10년 동안 중국의 정치, 경제, 사회, 문화는 참담한 피폐를 거듭했다. 피해 사망자가 최고 천만 명에 이를 정도의 비극이 발생했던 게다. 덩샤오핑이 권좌에 오른 후 마오쩌둥에 내린 평가는 이렇다. 공(功)이 7이고 과(過)가 3이라고.

그러한 30퍼센트 잘못의 대부분을 차지한 것이 바로 문화대혁명이었던 것이다.

패왕별희는 마오쩌둥 시대의 그 같은 광기 어린 폭주를 영화 예술적 차원에서 정면으로 비판한 작품이라고 해도 과언이 아니다. 마오쩌둥의 영구혁명론을 잠재우고 덩샤오핑의 주도로 새롭게 등극한 사회주의 시장경제의 데마고그적 기념탑이었던 게다.

페이스트리 빵 같다고나 할까. 역사와 사랑과 비극에 대한 겹겹이 중층적 의미를 품고 있는 이 작품이 처음 상영된 지 내년이면 30주년이다. 하지만 영화는 그러한 세월의 흐름을 훌쩍 뛰어넘어 아직도 생생한 현재감을 준다. 시대와 공간을 초월하여 심장을 두근거리게 만드는 보편적 메시지가 있기 때문이다.

이렇게 시절이 하 수상할수록, 때로는 이런 영화 한 편이 항심(恒心) 잃지 않고 걸어 나가는 이정표가 되기도 한다.

서씨 삼형제

『나의 서양미술 순례』의 표지 그림은 모딜리아니가 세상을 떠나기 3년 전에 그린 청년 '수틴'의 초상화다. 서경식이 쓴, 이 자그마한 판형의 책을 어디서 샀는지는 기억이 잘 안 난다. 인터넷 검색을 해보니 1992년에 창비교양문고에서 초판이 나왔다. 그때는 흑백의 표지였다. 내가 읽은 것은 2002년에 다시 간행된 컬러판이었다.

이 책은 나에게 의미가 크다. 재일 조선인들의 아프고 쓰린 디아스포라 세계로 첫발을 들여놓게 했기 때문이다. 서승, 서준식, 서경식 3형제가 펼쳐낸 장대한 삶의 드라마를 알게 되었기 때문이다. 책에 매혹된 나머지 이후 우리말로 번역된 서경식의 거의 모든 책을 찾아 읽게 되었다.

『디아스포라 기행』을 시작으로『역사의 증인 재일 조선인』,『고뇌의 원근법』,『소년의 눈물』,『고통과 기억의 연대는 가능한가』,『시대를 건너는 법』,『난민과 국민 사이』,『디아스포라의 눈』,『시의 힘』,『다시 일본을 생각한다』,『나의 영국 인문기행』,『책임에 대하여』에 이르기까지.

딱 하나 읽다가 만 것은 『시대의 증언자 쁘리모 레비를 찾아서』다. 자기 땅에서 뿌리 뽑혀 떠도는 사람들, 그 상징적 존재로서 유대인의 고난에 대한 그의 정서적 연대감을 이해 못하는 것은 아니다. 하지만 오늘날 이스라엘의 광기 어린 국가파시즘이 불도장처럼 뇌리에 박혀, 아무리 해도 홀로코스트에 관련된 책에는 마음이 가지 않았기 때문이다. 어쨌든 『나의 서양미술 순례』가 길안내 표지판이 되어 나는 이른바 '서경식 광팬'이 되어버렸다.

재일(在日, 자이니치) 조선인의 고통을 어렴풋이나마 엿본 것은 초등학교 시절 생쥐가 풀방구리 드나들 듯했던 만화방에서였다. 작가가 누구인지도 잊어버린 '야구선수 장훈'을 그린 만화가 시작이었다. 그러나 머리가 굵어지면서 이

주제는 관심의 우선순위에서 밀려나버렸다. 목을 옥죄어 오는 더 숨 가쁜 일들이 많았으니까.

그렇게 멀어졌던 자이니치에 대한 관심이 책을 읽으면서 서서히 되살아났다. 모국의 외면 속에 버티며 살아온 70만 재일 조선인들의 현주소를 본격적으로 심각하게 바라보기 시작했다.

물론『나의 서양미술 순례』는 재일 조선인 문제를 조명한 책이 아니다. 예술을 주제로 다루고 있다. 큰형과 작은형을 아직 고국의 감옥에 둔 1983년. 옥바라지에 지친 어머님마저 세상을 떠나신 후 도망치듯 떠난 유럽의 미술관들. 그곳에서 서경식이 운명처럼 만난 그림과 조각에 관한 이야기다.

하지만 이 책의 고요한 문장 속에는 형들을 삼키고 있던 나라, 어머니조차 절망 속에서 숨을 거두게 한 한국에 대한 절망과 분노가 어깨를 들썩이며 숨을 고르고 있다. 한반도와 일본에 가로 걸쳐진, 벗어날 수 없는 서경식의 경계인적 삶이 둔중하고 아픈 떨림을 던진다.

그가 순례의 여정에서 만난 모든 작품을 이 글에서 다시 언급할 필요는 없을 게다. 하지만 내게도 잊지 못할 대목이 하나 있어 소개한다. 1985년 떠난 두 번째 여행에서 서경식은 런던의 빅토리아 앤 알버트 미술관(Victoria and Albert Museum)을 찾는다. V&A라는 약칭으로 불리는 이

미술관은 장식미술과 패션, 디자인 전문 전시를 위주로 한다. 같은 런던에 있는 내셔널갤러리나 테이트 미술관처럼 정통 예술 중심의 전시와는 성격이 조금 다르다. 회화, 조각, 드로잉 등 순수미술(Fine Arts) 작품은 상대적으로 숫자가 크게 적은 것이다.

이 미술관의 한쪽 귀퉁이에서 서경식은 〈상처를 보여주는 그리스도(Christ showing his wound)〉란 제목의 테라코타 조각상을 만난다. 부활로 다시 살아난 예수가 의심 많은 제자 도마에게 오른쪽 옆구리의 창에 찔린 상처를 보여주는 장면이다. 예수 스스로의 손으로 상처를 벌려서.

나도 몇 년 전 여름에 50일간 런던에 머문 적이 있다. 이미 서경식을 읽었으니 이 조각상을 만나러 가지 않을 도리가 없었다. 어둑한 미술관 구석의 테라코타 예수상은 눈보다 높은 위치에 매달려 있었다. 그렇게 위쪽으로 향한 시각에서 상처가 오히려 더욱 뚜렷하게 보였다.

죽고 다시 살아난 '인간의 아들'이 자기 손으로 열어 보인 상처 구멍 안의 공간. 내 눈에 그것은 마치 끝도 없는 우주가 펼쳐진 양 어둡고 깊었다. 단순한 충격을 넘어서는 전율이 덮쳐왔다. 정신이 아득해지는 현기증이 이어졌다.

왜 그랬을까. 이후 오랫동안 나는 내가 받은 충격의 원인을 곱씹어보았다. 그리고 깨달았다. 인간에게는 누구나 마음속에 자기만의 심연(深淵)이 있는 것이다. 예기치 못하게 그런 심연을 마주치는 순간 까닭 모를 어지러움을 느끼는 것이다.

과연 1985년에 서경식이 보았던 심연은 무엇이었을까. 조국을 사랑한 죄밖에 없는 두 형을 차가운 감방에 기약 없이 구겨 넣은 시대의 어둠이었을까. 핏줄에 대한 부채감과 죄의식에서 저며진 절망과 고통이었을까. 그리고 세월을 훌쩍 뛰어넘어 런던의 미술관 한 모퉁이에서 내가 마주쳤던 심연은 무엇이었을까.

서경식은 오랫동안 《한겨레》에 칼럼을 연재했다. 일본에세이스트클럽 상(소년의 눈물)을 받을 정도로 아름다운 그의 문장을 좋아하는 사람들이 한국에도 많은 이유다. 하지만 나는 고국에서 유명 인사가 된 오늘도, 그의 글 속에서 가끔씩 『나의 서양미술순례』 페이지 행간에서 배어 나오던 외로운 그늘을 발견한다.

그는 2006년부터 2년 동안 성공회대학교에서 방문교수 생활을 했다. 이 기간 동안 엄청난 노력으로 한국어로 말하고 쓰는 공부를 했다고 한다. 하지만 어눌하지만 거의 모든 한국어 의사소통이 가능하게 된 지금도 모국어에 갈증을 풀지 못했다고 고백한다. 평생을 한반도와 일본 사이의 경계인으로 살아온 운명적 개인사 때문이리라. 영원히 완벽한 조선말을 쓸 수 없을 거란 슬픈 예감 때문일 것이다.

돈 벌러 바다를 건넌 할아버지와 일본에 뿌리내린 부모

에게서 태어난 서씨 4형제(위로 사업하시는 형님이 한 분 더 계시다). 그리고 현대사의 비극과 톱니바퀴같이 맞물려 돌아간 그들의 운명. 교토 리츠메이칸대학교를 정년 퇴임한 서승은《경향신문》에 고정 칼럼을 쓸 정도로 한국과 깊은 관계를 맺고 있다. 그러나 형제 중에서 가장 불같은 정의감을 지녔던『옥중서한』의 저자 서준식의 행방을 나는 모른다.

남북 사이에 여러 우여곡절이 이어지고 있다. 남과 북 그리고 북미의 정치수장들이 만나 한반도 평화를 위한 회담을 여러 차례 했다. 그렇게 서광이 비치는 듯하다가 다시 어두워졌다. 하지만 험난한 길 첩첩에도 불구하고 통일을 향한 열망이야 어찌 버릴 수 있으랴.

이러한 시절, 서씨 3형제가 서울의 어느 행사장에서(예를 들어 통일이나 한일관계 주제의) 한자리로 모여 환하게 웃는 모습을 보면 얼마나 좋을까. 그 장면이야말로 지난 한 세기 이 땅을 둘러싼 분단과 이산(離散)을 극복하는 상징적 씻김굿이 될 것이니 말이다.

그런 작은 소망을 가져본다.

조선학교 여학생과 일본인 제자

　저녁 먹고 유튜브를 보다가 우연히 이바라기 조선학교 여학생 합창단의 노래를 들었다. 제목은 〈저고리〉. 화면 중간중간에 옛날 흑백 필름이 나온다. 8·15 일본 패망 직후 동포들이 조선학교를 개교하던 시기. 일본 정부의 폐교 압력과 경찰의 물리적 탄압을 뚫고 (온전히 자력으로 설립한) 학교를 지키기 위해 안타깝게 싸우는 장면들.

　위는 흰 저고리 아래는 검은 한복 치마 입은 소녀들이 머리를 질끈 묶었다. 하나의 입으로 '우리 학교'에 대한 노래를 부르고 있다. 그 티 없는 아이들의 표정 아래에는 그러나 모국을 떠나 떠도는 디아스포라의 슬픔이 어쩔 수 없이 배어 있다.

　그러다가 몇 달 전 기억이 떠올랐다. 작년부터 일본에서 여학생 2명이 우리 학과에 유학을 왔다. 한 명은 아키다견 (犬)으로 유명한 열도 북쪽의 아키다현에서. 다른 한 명은 한반도를 마주 보는 동해 연안 도토리현에서. 부모 형제 떠나 먼 땅 기숙사에서 먹고 자며 공부하는 이 아이들이 안쓰러울 때가 많았다. 첫 학기 초에는 아직 외국인등록증이 나오지 않은 탓에 카드도 없고 스마트폰도 없는 아이들 대신해서 교재를 사주기도 했다. 그중 한 학생 A와 면담을 한 게다.

A는 한국어 등급이 (외국인이 시험에서 받을 수 있는) 최고 등급인 6급이다. 발음이 약간 어색하다 싶을 뿐 거의 완벽한 우리말을 구사한다. 공부 마치고 돌아가면 한국어를 가르치는 선생이 되고 싶어 한다. 연구실에서 이것저것 이야기를 주고받는데 평소와 달리 얼굴이 밝지 않았다.

물어보니 그날 오전에 충격적인 일을 당했다는 게다. 휴게실 의자에 앉아 일본에 있는 친구와 문자를 주고받고 있었단다. 당연히 히라가나와 가타카나를 써서. 근데 옆자리에서 그 모습 지켜보던 여학생 하나가 다짜고짜 입에 담을 수 없는 쌍욕을 퍼부었다는 게다. "일본년." 어쩌고저쩌고하면서. A는 저항도 못하고 그저 당하기만 했단다. 아이가 울 것 같은 얼굴로 한숨을 푹 내쉬었다. 순간 마음이 아득해졌다. 말문이 막히며 내 낯이 붉어졌다. 그리고 뒤를 이어 속에서 뜨거운 무엇이 솟구쳤다.

"어떤 녀석인지 기억하니?"

"처음 보는 학생이었어요."

고개를 숙인 A에게 애써 위로를 건넨다. 어느 나라에서건 짐승 같은 것들이 있다. 일본에도 한국인을 차별하고 혐한 부르짖는 재특회(在特会)가 있지 않느냐. 한국에도 사람 그 자체가 아니라 그가 속한 인종, 나라, 민족, 언어의 껍데기만 보고 나쁜 말과 행동을 하는 부류가 있다. 무시하고 잊어버려라. 그리고 혹시라도 다음에 그 녀석 마주치거든 바로 내 연구실로 뛰어와서 누군지 알려주거라. 그렇게 건네는 내 말이 자꾸만 더듬거렸다.

아이가 나간 다음 소파에 한참이나 우두커니 앉아 있었다. 가슴속에 지펴진 불씨가 점점 커진다. 일본인 아니라 일본인 할아비라도 그렇지, 갓 스물 넘은 대학생이 제 나라에 공부하러 찾아온 외국 친구에게 이런 행동을 할 만큼 비뚤어져 있다니.

프란츠 파농과 에드워드 사이드 등이 본격화시킨 것이 인종적 타자화(他者化) 개념이다. 아비투스와 선동에 의해 이런 관념을 내재화시킨 동일자(the same)들은 자신의 열등감을 투사하고 문화적, 도덕적, 존재적 우월감을 높이기 위해 늘 타자(the other)에 대한 배제와 편견을 구축한다. 유럽인이 아랍인에게 그랬고, 백인이 흑인에게 그랬고, 식민지 시대 일본인이 조선인에게 그랬듯이.

지난 몇 년간 한일관계가 크게 악화된 것은 사실이다. 멀리는 역사 교과서 왜곡에서 가까이는 강제 징용 배상 판결을 둘러싼 충돌에 이르기까지 연이어 악재가 쌓이고 있다. 하지만 아무리 대일관계가 악화되었다 해도 해당 국가체제와 실존으로서 인간은 분리되어야 한다. 이런 행동을 하고도 재일동포들이 일본에서 민족차별을 받는다고 분노할 자격이 있을까. 그 나라의 저질 극우세력을 욕하고 비판할 자격이 있을까.

학생처장에게 전화를 걸었다. 자초지종을 설명하고 전체 학생에게 특별교육을 시켜서라도 국적 불문 외국인 학생을 대상으로 이런 일이 일어나면 안 된다고 요청했다. 서로 걱정을 나누었다. 보직자 회의에서 사건을 알리고 대책을 만들겠다고 답했다. 그것이 사건의 자초지종이었다.

인종적 편견은 물론 계급 배경, 심지어 지역균형선발 같은 입학경로에 따라 같은 학교 안에서조차 차별과 배제의 악행이 시도된다는 소문이 오래전부터 파다하다. 자기와 다른 것은 모두 틀리다고 확신하는 마음들. 최소한 상식과 인간애조차 짓밟는 극우의 광기가 대학으로 서서히 밀려오고 있는 것이다.

탈레반 집권을 피해 입국한 390명의 아프가니스탄 사람들이 생각 안 날 수 없다. 지금은 환영 일색이지만 이 분위기가 언제까지 지속될까. 입국 조건은 다르다지만, 이들은 제주도에서 겪었던 예멘 출신 난민들의 고통을 완전히 비껴갈 수 있을까.

수업 들어갔을 때 맨 앞줄에 앉은 A의 표정이 여전히 어두웠던 기억이 선명하다. 그 얼굴이 몇 달을 지나 불현듯

눈앞에 떠오른 것이다. 조금 전 인터넷에서 마주친 조선학
교 여학생들 모습 위로.

저 새색시는 어찌 이리 곱누

남북이산가족 상봉이 사흘 만에 끝났다. 상봉장면 사진들을 찬찬히 살펴본다. 그중 잊히지 않는 것은 결혼 6개월 만에 임신한 상태에서 남편과 헤어졌던 이순규 할머니의 모습이다.

소식 한 번 듣지 못하고 홀로 유복자를 키워온 65년. 전국을 떠돌며 남의 농사일과 삯바느질로 견뎌온 그 삭막했을 세월을 누가 짐작조차 할 수 있으랴.

스무 살 꽃다운 나이에 헤어진 두 살 어린 남편. 그이에
게 주려고 준비한 시계 뒤에 '오인세' '이순규'라고 비뚤비
뚤한 글씨를 손으로 새겼다.
　그리고 영겁처럼 길었을 시간을 뛰어넘어 남편을 만나
는 순간, 새색시처럼 수줍고 고운 웃음을 짓는다.
　그 모습이 너무 애틋해서 나는 가슴이 메인다.

안내원 청년의 짝사랑*

글 빚 때문에 일요일인데도 연구실에 나왔다. 진도가 안 나가서 오후 내내 뭉그적대다가 유튜브를 열었다. 어제 강릉에서 열린 삼지연관현악단 연주를 보려고. 그런데 풀 타임 동영상이 없다. 할 수 없이 여기저기 짜깁기 영상을 둘러보다 마지막 공연 장면을 찾았다. 8명의 여가수가 나와서 남한과 북한 노래를 한 곡씩 부른다. 남한 노래는 〈홀로아리랑〉. 익숙한 멜로디와 가사를 듣는데 갑자기 마음이 아련해진다.

마지막 순서로 북한 가수들이 손을 흔들고 남한 관객들이 저도 모르게 함께 손을 흔든다. 그 모습 보고 있노라니, 20여 년 전의 한 기억이 떠올랐다.

학교에 처음 부임한 해인 1999년 5월부터 학보사 주간을 맡았다. 당시에는 전국 대학에서 모두 모이는 '학보사 주간교수협의회'라는 것이 있었다. 해마다 한 번씩 정기모

---

* 남북관계가 화해 무드로 꽃피던, 2018년 1월 평창동계 올림픽 때 쓴 글이다.

임을 가졌는데, 그해 여름은 금강산에서 회의를 하는 것으로 결정이 났다.

1998년 11월 18일에 남한 민간인들의 금강산 관광이 처음 시작되었으니 채 1년이 지나지 않은 초창기였다. 당시는 관광지역 안에 숙박시설이 없어서, 대형 유람선에서 잠을 자고 낮에는 매번 출입국 절차를 밟아 금강산을 구경했다. 이 여행에서 여러 독특한 경험을 했다. 소설 소재로 써도 될 법한 에피소드가 많았다. 그중 한 가지만 살짝 공개해보자.

관광가이드 맡은 남한 아가씨를 짝사랑한 북한 안내원의 이야기다. 뭔가 말을 붙이려는데 여성이 차갑게 팽 돌아서는 모습. 그리고 그 북한 청년이 버스 주차장 근처에서 늙수그레한 선배 안내원들을 붙잡고 "아바이, 제 마음을 어쩌란 말입네까?"라며 하소연하는 모습을 우연히 스쳐 보았던 것이다.

북한 영토에 들어가기 전에 교육받은 것이 있었다. 혹시나 금강산 길 요소요소에 배치된 북한 안내원들의 입성이 남루하다고 간식거리나 특히 달러를 주면 큰일 난다고. 북한의 민족적 자존심을 해치는 중요한 범죄행위가 된다는 게다.

하지만 사람 사는 곳이 어디야 다를까. 더구나 말이 통하고 감정이 통하는 한민족끼리인데. 만물상을 구경하고 내려오는 길이었다. 내가 대열의 맨 마지막이었다. 그런데 우리 일행 남한 가이드가 뒤에서 머뭇거리는 게 아닌가. 돌아보니 잘 안 보이는 바위틈에 초코파이와 귤을 몰래 숨기고 있었다. 대놓고 이유를 물어보지는 않았다. 반년 이상 관광코스 오르내리며 얼굴 익히고 마음을 나눈 북한 안내원들에게 뭐라도 나눠주고 싶은 인지상정인 게 분명했기 때문이다.

가장 기억에 남는 것은 마지막날이었다. 출입국 사무소를 빠져나오는 줄이 길었다. 언제 다시 오겠는가 싶은 생각에 감상적이 되었다. 40대 초반 정도 되는 북한 직원이 출국 도장을 쿵쿵 찍어주고 있었다. 무심한 표정으로 여권을 돌려주는 그이의 손을 꽉 잡았다. 그리고 나도 모르게 이렇게 말했다.

"통일되면 다시 만납시다!"

표정 변화 없이 물끄러미 나를 쳐다보던 그 남자. 관료주의적 무심일 수도 있었을 게다. 남한 관광객들을 대하는 정해진 매뉴얼이 있었을지도 모르겠다. 슬그머니 손을 빼는 그의 반응에 한편으로는 섭섭하고 한편으로는 마음이 쓸쓸했다.

북한 여가수의 〈홀로 아리랑〉을 듣는데 20여 년 전 그 장면이 선명히 되살아나는 것이다. 그 남자의 표정도 심지어 살짝 땀에 젖은 손바닥의 감촉까지도. 설악산에 비해

10배는 더 기기묘묘한 금강산의 절경. 꼭 다시 가보고 싶지만, 2008년 금강산 가는 통로가 막힌 이후 그 산은 꿈에서도 다가오지 않는다.

통일이 무엇일까. 처한 입장에 따라 여러 계산이 있을 것이다. 북핵 위기로 대변되는 복잡다단한 국제정치적 환경이 다양한 낙관론과 비관론을 동시에 생산하고 있다. 하지만 최소한 나에게 통일은 복잡하지도 추상적이지도 않다. 인위적으로 찢겨지고 갈라진 사람과 사람의 만남이 그것이라고 믿기 때문이다.

더욱 구체적으로 나에게 통일은 가능성 제로의 짝사랑에 괴로워하는 북한 청년의 사랑이 결실을 맺는 날이다. 애써 무표정 짓던 북한 관원이 맞잡은 손에 나만큼의 힘을 주어 반응하는 날이 바로 그날이다. 강릉 공연장을 가득 메운 평범한 남쪽 사람들. 애틋한 마음으로 북쪽 가수들에게 마주 손을 흔드는 그이들의 마음도 나와 비슷하지 않을까.

이런저런 생각하다가 시간이 후딱 흘렀다. 어차피 원고 쓰는 건 물 건너갔다. 인터넷에서 삼지연악단 풀타임 공연 장면이나 열심히 검색해야겠다.

변희수 하사

1

태어나서 고등학교 졸업할 때까지 내가 자란 도시는 (부르디외를 빌리자면) 계급적 아비투스의 철옹성이었다. 지역 감정은 말할 것도 없거니와 특히 성소수자를 바라보는 시각에서 주류적 편견이 완강했다. 나 또한 한계를 지닌 인간이니 그 같은 환경에서 자유로울 수 없었다.

성소수자에 대한 편견이 깨어지기 시작한 것은 사회생활을 하면서부터였다. 첫 직장에 동향의 선배가 있었다. 자그마한 키에 동그란 안경을 끼고 여린 목소리. 나긋나긋한 사투리가 정다운 사람이었다. 노동조합 운동에서도 그랬고, 당시 불붙은 6월항쟁의 거리 시위에서도 늘 앞줄에 섰던 실천적 성품이었다.

그 선배가 성소수자라는 사실을 우연히 알게 되었다. 하지만 그러한 정체성이 서로의 관계에 미치는 영향은 전혀 없었다. 선배는 여전히 선배였다. 예전과 다를 바 없이 인간적이고 심지 깊은 '사람'이었다. 성소수자에 대한 왜곡된 시각이 그를 알게 되면서 완전히 사라졌다. 이 점에서 나의 인식변화는 나이를 먹어감에 따라 생겨난 자연현상이 아니었다. 대학 때 읽은 몇 권 책에 의한 교육적 효과도 아니었다. 삶 속에서 살아 움직이는 사람을 직접 만나고, 사람됨의 본질을 알아가는 직접적 경험에서 비롯된 것이다.

내가 성소수자를 타자화하는 조롱과 악행에 분노하는 이유는 다른 게 없다. 그들은 우리와 다르지 않은 '완전한 인간'이기 때문이다. 모든 계급적, 인종적, 문화적 차별과 배제는 인간답지 못한 자가 인간에 가하는 비린내 나는 폭력이라는 생각이 선배와 인연을 계기로 더욱 단단해졌다. 그 같은 생각이 30대 이후 내 삶을 관통했다.

2

프란츠 파농은 1952년에 발간한 『검은 피부 하얀 가면(Peau noire, masques blancs)』에서 모국 알제리에서 전해지는 다음과 같은 농담을 말한다.

"스페인 사람은 이탈리아 사람에게 침을 뱉고, 그 이탈리아 사람은 몰타 사람에게, 그 몰타 사람은 유대인에게, 그 유대인은 아랍인에게, 그 아랍인은 흑인에게 침을 뱉는다."

프랑스 식민지 알제리에서 만연했던 일그러진 민족적, 생물학적 열등감을 지적한 것이다. 차별이 만연한 사회에서 약자가 자신보다 더 약한 상대에게 뒤집힌 우월감을 행사하는 착종된 상황을 날카롭게 갈파하고 있다. 역사적으로 이런 사례는 수없이 많다.

예를 들어 빅터 프랭클이 쓴 『죽음의 수용소에서(Man's Search for Meaning)』가 그렇다. 이 책에는 나치 강제노동 수용소에서 유대인 수감자들을 관리한 중간 관리자들, 카포(Kapo)에 대한 이야기가 나온다. 그들도 유대인 수감자 신분인 것은 매한가지였지만, 상대적으로 더 나은 대우를 받기 위해 나치의 철저한 앞잡이 노릇을 했다. 독일인 감시병보다 오히려 더욱 가혹하게 동족을 통제하고 학대했던 것이다.

코로나19가 만연한 미국에서 일부 흑인들이 아시아계 이민자에게 멸시와 공격을 하는 케이스도 마찬가지다. 오랫동안 축적된 인종차별 시스템에 대한 분노를 자기보다 더 약하다고 생각되는 대상에게 퇴행적으로 되돌리는 것이다.

3

숙명여대에서 일어난 트랜스젠더 신입생 거부운동을 내가 주목했던 것도 같은 연장 선상이었다. 압박과 공격에 못 이겨 결국 입학을 포기한 '그녀'는 "무서웠다"고 말했다. 스스로 가부장사회의 남녀차별에 고통받고 있다고 절규하면서도, 정작 자기 손에 묻힌 피는 의식하지 못하는 사람들.

이들에 동조하여 자신들의 '거사'에 박수치는 해당 대학 구성원들의 모습에 많은 이들이 비판적 시각을 보냈다.

페미니즘이든 노동운동이든 모든 실천적 사회운동의 바탕에는 소수자(minority)와 차별받는 대상에 대한 연대와 공생이 전제되어야 하기 때문이다. 저항의 칼을 높이 든 사람들이 치켜든 칼로 자기보다 '더 차별받는 소수자'를 난도질해서는 안 된다는 것이다. 그것보다 더한 자기모순이 없기 때문이다.

비슷한 시기에 벌어진 사건은 더 놀라운 것이었다. (여단장과 군단장까지 허가를 한) 성전환 수술과 커밍아웃 후 기갑부대 탱크병으로 근무하던 변희수 하사가 '심신장애'를 이유로 군에서 강제전역을 당한 것이다. 이 조치를 철회하라는 육군본부 인사소청이 거부되고 행정소송이 진행되던 2021년 3월 초, 변 하사가 스스로 세상을 떠난 충격적 사건이 일어났다. 세상 곳곳에 독사처럼 똬리를 튼, 끝없는 편견에 짓눌리고 짓눌려서 말이다.

4

뉴스를 접하고 내 마음을 사로잡은 것은 복잡한 감정의 회오리였다. 그동안 그녀를 까맣게 잊어버렸기 때문이다. 그런 나의 무관심이 깃털 하나라도 변 하사의 절망에 무게를 더한 게 아닌가 하는 죄책감이 들었다. 변희수 하사가 강제 전역을 당한 직후《한겨레》김종철 기자와 행한 인터뷰를 찾아봤다. 거기에 이런 대목이 나온다.

지친 몸과 마음을 추스르느라 병원에 왔다 갔다 했는데 … 이제 일자리를 구해보려 하는데 코로나19 때문에 사람을 잘 안 뽑아요. 군인연금 대상이 아니어서 빨리 돈을 벌어야 해요.

인사소청이 거부되고 진행되는 행정소송이 오래 걸리지 않겠느냐는 질문에 "그래도 끝까지 싸울 겁니다. … 기갑부대의 모토인 '기갑 선봉'답게 선봉에 나가서 싸울 거예요. 기갑의 돌파력으로 그런 차별을 없애버릴 수 있습니다"라는 군인다운 씩씩한 대답에 거꾸로 마음이 시리다. 인터뷰를 마치면서 그녀는 이렇게 덧붙였다. 그 목소리가 내 안에서 울린다.

다수라고 하는 사람들도 분명 소수자적인 측면이 있을 수 있습니다. 그 사람이 노동조합원이라든지, 다른 소수 종교라든지 그런 부분도 있을 수 있으니까요. 하지만 이럴 때 자기가 다수라고 생각하면서 소수자 차별에 눈감으면, 자신들이 소수자로 박해받을 때 결국 도와줄 사람이 아무도 남지 않게 될 것입니다.

고 변희수 하사의 불행은 나와 같은 사람들의 침묵의 연대에 의해 이뤄진 일종의 사회적 타살인지도 모른다. 그러니 이처럼 뒤늦은 애도가 무슨 소용이 있을까. 내 마음속에는 어두운 수증기 같은 것이 가득하다.

세 모녀의 죽음*

    외국에 나오면 애국자가 된다고 한다. 모국에서 일어나는 사건에 안테나가 세워지기 때문이다. 누가 시키지도 않았는데 저절로 그렇게 된다. 언뜻 생각하면 떠나온 곳 소식을 까맣게 잊고 살 것 같은데 그렇지가 않다. 시간적으로 소식 전해 듣는 단계는 한 박자 느리고 간접적일 것이다. 하지만 멀리 있어 그런지 사건의 의미가 더 크게 와 닿는 경우가 많다. 최소한 나는 그렇다.

    지난주와 이번 주에 걸쳐 충격을 연이어 받는다. 김연아의 금메달 실패 때문도 민주당과 안철수 그룹의 합당 소식 때문도 아니다. 나를 사로잡고 놓지 않는 것은 송파구 세 모녀의 죽음, 그리고 어제 들려온 또 다른 죽음이다. 미국에 도착한 후 십몇 년간 발을 끊었던 성당에 나가기로 결심했다. 오스틴 남쪽 에머랄드 포레스트에 있는 한인성당. 넓은 마당 한 모퉁이에 성모상이 고요히 서 있는 소박한

---

*   2014년 3월, 송파동 세 모녀가 굶주려 세상을 떠났다. 그리고 며칠 후 아홉 살 아이를 둔 엄마가 스스로 세상을 등졌다.

곳이다.

어떤 방식으로든 떠나온 고향과 사람들에 대한 마음의 끈을 놓지 말아야겠다는 생각이 우선이었다. 타국생활에 자칫 흔들리기 쉬운 영혼을 안정시켜야겠다는 희망도 있었다. 그렇게 찾아간 두 번째 미사. 입당성가의 가사는 이러했다.

"옹기장이 손에 든 진흙과 같이 내게 있는 모든 것 주님 손에서. 님 뜻 따라 나의 삶이 빚어지리니…."

노래를 부르는데 마음이 함께 떨린다. 일엽편주 이 넓은 땅에 왔으니, 크신 이의 손으로 부디 나를 이끌어달라고 기도했다.

가난해진 탓이다. 물론 여기서의 '가난'은 마음을 말한다. 이곳에 오고 나서부터 세상과 사람에 대하여 더 여려지고 민감해진 것 같다. 하늘을 찌르던 자고(自高)와 교만이 완연 사그라든 것 같다. 그럴 수밖에 없겠지. 어차피 여기에서 나는 서투른 이방인 아닌가. 핏줄인 조카도 있고 나를 초청한 대학도 있지만 물건 사고, 은행 가고, 아파트 관리사무소 찾아가는 모든 일상생활에서조차 지금은 초보자인 것이다.

신부님 강론의 주제는 "소외된 자의 죽음." 세상을 떠난 세 모녀 이야기였다. 그들이 남긴 메모를 한 글자 한 글자 직접 읽어주신다. "주인아주머니께. 죄송합니다. 마지막 집

세와 공과금입니다. 정말 죄송합니다." 낭독을 하는 신부님의 목이 잠긴다.

정작 죄송해야 할 존재는 따로 있는데. 새처럼 작은 목숨조차 보듬어주지 못한 이 한심하고 서글픈 복지제도. 그리고 나를 포함한 사람들의 얼음 같은 무관심이 죽음에 일조를 했음이 틀림없는데.

부산 범일동성당 출신이라는, 어딘지 어눌하면서도 그래서 더 진실한 목소리의 신부님. 가난하고 고통받는 이웃을 외면하지 말라는 강론을 마치면서 그가 들려주신, 라이너 마리아 릴케의 시를 옮겨본다.

> 지금 세상의 어디에선가 누군가 울고 있다.
> 지금 까닭 없이 울고 있는 그 사람은
> 나를 위해 울고 있다.
> …
> 지금 세상의 어디에선가 누군가 걷고 있다.
> 지금 정처 없이 걷고 있는 그 사람은 나를 향해 오고 있다.
> 지금 세상의 어디에선가 누군가 죽고 있다.
> 지금 까닭 없이 죽고 있는 그 사람은 나를 쳐다보고 있다.

그 후 초청장을 보내준 텍사스 주립대학교에 인사를 다녀왔다. 뉴올리언스에 짧은 여행도 다녀왔다. 그렇게 조금

가라앉은 마음에 오늘 아침 또다시 힘든 소식이 들려온다.

아홉 살 아들이 발견한 엄마의 죽음. 그이가 견지해온 이념에 동의하든 않든 그것이 무슨 상관있으랴. 한평생을 애태우며 새로운 세상 꿈꾸며 살아왔을 것에 분명한 그녀의 죽음은, 지난주 세 모녀의 그것과 또 다른 의미에서 애달프다.

나는 늘 극락왕생이란 말이 허망하다고 생각해왔다. 행복은 손톱만큼이라도 이 세상에서 누려야지, 있는지 없는지도 모르는 저세상에서 누리는 만 가지 복이 무슨 소용이 있을까. 하지만 지난주 성당 의자에 앉아, 그리고 지금 글을 쓰며 내가 입속으로 중얼거릴 수 있는 말은 이것밖에 없다.

"부디 극락왕생하소서."

하늘나라에서는 가난도 배고픔도 다툼도 아픔도 없다 했으니, 당신들이 지상에서 얻지 못한 평화와 안식을 그곳에서는 다 누리소서.

돌아오지 않을 사람을
기다리는 것만큼
슬픈 일은 없다

져버린 꽃을 보는 것처럼

4장

세월호 이야기

속보

미국 텍사스 시각, 새벽 2시 반.
1시간 전 인터넷에서 속보 보고는 잠이 안 온다.
290명이 생사불명이라니.
꽃 같은 이 아이들을 어쩌나.
말이 안 나온다. 그저 기도를 한다.

신이 계시는 곳

세간에서는 크리스마스를 기독교 최고의 절기로 친다. 하지만 기독교 신앙에 있어 제일 기쁜 날은 부활절이다. 그것이 실제이든 상징이든, 죽음 후에 다시 살아난다는 믿음이야말로 이 종교의 처음이요 끝이기 때문이다. 오스틴 성당에서도 부활대축일 미사를 보았다. 정건석 프란치스코 신부는 영광송을 부른 다음에 이렇게 기도를 시작했다.

"고국에서 일어난 아프고 참담한 일을 기억하게 하십시오."

순간 약속이라도 한 듯 성당에 가득 찬 사람들의 입에서 깊은 탄식이 동시에 터져 나왔다.

갈기갈기 마음 찢어진 사람들이 넘쳐난다. 도저히 이해할 수도 받아들일 수도 없는 이 압도적 비극 앞에 그들은 이렇게 부르짖는다. 왜 참혹한 고통은 언제나 때 묻지 않은 어린 것들을 향하느냐고. 왜 우리가 지은 죄와 무관심과 냉혹함 때문에 아이들이 대신 죽어야 하냐고. 신은 도대체 어디에 계시느냐고.

바로 26년 전 내가 던졌던 질문이다. 하지만 그때나 지금이나 그는 그저 묵묵히 우리를 지켜보고만 계신다.

속속 시신이 수습되고 있다고 한다. 실낱같은 희망으로 버티던 대지는 곧 자식 잃은 어미 아비들의 처절한 통곡으로 가득 찰 것이다. 어둡고 광폭한 저주가 온 땅을 휩쓸 것이다. 미사 중에 나는 몸을 떨며 물어보았다. 우리는 이제 어떻게 해야 하는가라고.

그때 내 안에서 문득 이런 말이 떠올랐다.

지금 네가 할 수 있는 건 부둥켜안고 울어주는 일이라고. 한없이 서로의 등 쓰다듬어주는 것이라고. 어쩌면 신은 그렇게 몸부림치며 애통해하는 우리 사이에 이미 와 계실지 모른다고. 가시관을 머리에 쓰고 채찍 맞으며 지금 우리와 함께 피눈물을 흘리고 계신지 모른다고.

지금은 함께 아파해야 할 시간인 것 같다. 그 아픔이 끝에 이를 때 비로소 차갑고 무서운 분노가 고개를 들 것이다. 그때까지는 함께 견디자. 이 춥고 어두운 밤을 이겨내자.

강우일과 염수정

나는 교단으로서 천주교에 아무것도 빚진 것이 없다. 그래서 자유롭게 말한다.

가톨릭에 대한 나의 회심을 일궈낸 중요한 계기는 프란치스코 교황의 취임이었다. 그가 보여준 행보가 누구보다 인간적이고 진실했기 때문에. 일그러진 세상에 대해 분노하고, 비통하며 울부짖는 사람들을 안아주던 인간 예수의 모습이 그의 행보에서 엿보였기 때문에.

하지만 교황은 취임 직후 나의 기대를 저버리는 결정적 처사를 단행했다. 한국의 두 번째 추기경으로 염수정 대주교를 임명한 것이다. 천주교정의구현사제단의 현실참여를 비판하여 구설수에 오른 바로 그 인물이다.

솔직히 밝힌다. 나는 염수정 대신 이 사람이 추기경이 되기를 간절히 바랐다. 천주교 주교회의 의장 강우일 주교다. 강 주교는 가톨릭 월간지《경향잡지》6월호에서 다음과 같이 말하고 있다.

불의를 보고도 침묵하고 무관심으로 일관하는 것은 악을 수용하고 협조하는 죄를 저지르는 것이다. … 관피아들과 공조 체제를 이루며 불의와 비리를 양산해온 사업가들. 규제를 완화하며 이러한 세력을 대대로 양산해온 국가 지도층이 아이들을 바닷속으로 쓸어 넣었다. … 사회의 불의와 비리를 고발하고 밝혀야 할 언론도 아무 말을 하지 않았고, 모두가 입을 다물고 아무도 나서는 사람이 없었기 때문에 이렇게 된 것이다.

오늘 한국의 가톨릭 주류 세력이 세월호 참사 원인과 대책에 대하여 보이는 기이한 침묵을 생각해보면, 가히 광야에서 외치는 목소리라 할 만하다.

묻고 싶다. 예수를 따르는 종교로서 가톨릭 수장은 멀리 로마에서 조문만 하면 끝인가? 부처를 믿는 종교로서 조계종 종정은 성금 1,000만 원만 기부하면 끝인가? 자식을 떠나보낸 사람의 절규가 온 땅에 가득한 지금, 종교의 역할은 대체 무엇인가?

외로운 노주교의 분노가 귀에 쟁쟁하게 울리는 밤이다.

유민 아빠

여행 중이다. 워싱턴, 뉴욕, 보스톤, 나이아가라, 클리블랜드를 달려 지금은 시카고다.

잊기 위해 떠났으니 잊으면 된다. 새로운 풍경과 사람을 만나러 왔으니 만나면 된다. 하지만 늘 마음 한구석에서 떠나지 않는 것은 광화문이고 유민 아빠다. 여행이 주는 신선한 충격과 놀라운 각성을 그저 재미있게 즐기면 그만일 텐데. 분노하고 한탄하며 세월호 이야기를 쓰고 있다.

어젯밤. 늦은 지하철 타고 숙소로 돌아오다가 내가 좀 이상한 건 아닌가, 비정상은 아닌가 스스로에게 물어봤다. 머나먼 미국 땅에 방문교수로 왔으면 보고 느끼고 배울 것만 챙기면 되지 않는가. 서명대 하나 지킬 수 없고 광화문 한 번 찾을 수 없는 주제에, 네가 무슨 오지랖이라고 떠나온 땅에 대한 생각에서 그리도 헤어나지 못하느냐 물어봤다.

내 안에서 천천히 답이 떠올랐다.

다른 일이었다면 그럴 수 있었을 거라고. 여행지의 아침마다 눈을 뜨면 행복하고 새로운 기대에 부풀었을 거라고.

이것이 아이들의 일이 아니었으면.

끝내 내가 그 고통을 알 수 없는 사람이었다면.

나는 이제 울지 않을 것이다

한나 아렌트가 제기한 악의 평범성(banality of evil)은 세간에 널리 알려진 개념이다. 유대인 학살의 실무를 맡은 아이히만의 경우처럼, 역사적 사건 속 악행은 미친 사람이나 사이코패스가 저지르는 게 아니라는 게다. 오히려 그릇된 이데올로기에 중독되어 체제 순응화된 평범한 사람들에 의해 자각 없이 저질러진다는 것이다.

닭이 먼저냐 달걀이 먼저냐의 순환논리가 될 수도 있겠다. 하지만 그러한 '평범한 악'은 원초적 자양분을 공급하는 '체제적 악'에서 태어난다는 게 내 생각이다. 악마적 체제가 악의 평범성을 생산하는 자궁이라는 것이다.

나는 아직 세월호 사건에서 거리를 유지하기 힘들다. 아이들이 차가운 물에서 다 나오지도 못했다. 수시로 울컥 분이 솟구친다. 인터넷에 오른 아이들 마지막을 담은 동영상은 마음이 아파 아직도 보지를 못했다. 지금이 이런 글을 써야 하는 때인지에 대해서도 확신이 잘 서지 않는다. 다만 한 가지 점점 뚜렷이 보이는 것이 있다. 참극을 저지른 주범의 얼굴 말이다.

첫 번째는 돈에 완전히 눈이 멀어 어이없는 상시 위험상태로 배를 개조한 자들이다. 일찌감치 도망쳐서 물에 젖은 돈을 말리면서도 '그대로 있으라' 방송한 자들. 불법적으로 적재량을 늘리고 화물을 느슨하게 결박하고 밸러스트탱크의 물을 뺀 자들. 최소한의 안전조치를 요구하는 기관사를 거꾸로 해고협박하면서도 사진전시관을 증축하는 자들. 월급 270만 원의 비정규직 선장을 고용하고 경력 1년의 초보 기관사에게 키를 잡게 한 자들. 고장 난 구명정을 방치하는 자들. 승객의 목숨보다 보험금을 더 걱정한 자들. 그것은 바로 '타락한 자본'이란 이름의 악마다.

두 번째는 규제완화의 미명 아래 결국 돈의 확대 재생산 권리만을 보장하는 약탈적 국가의 운영자들이다. 서울은 안전하다며 한강대교를 폭파하고 저 혼자 도망친 64년 전에서 한 발짝도 진화하지 못한 무리. 국경일에 태극기 내걸고 국가 대항전에 목이 쉬도록 응원하는 순진한 백성들 등에 칼을 꽂은 자들. 대한민국이라는 이름을 악의와 무책임과 배신으로 오염시킨 자들. 국민에 대한 생명보호와 안전보장 의무를 한 줌 사적 자본에 매춘부처럼 팔아넘긴 것들. 그것은 바로 박근혜 치하의 '썩은 권력'이라는 악마다.

오늘의 한국 땅에서 이 두 악마는, 꼬리를 무는 뱀처럼 서로의 탐욕을 분배하고 약점을 핥아주며 강고하게 결합

되어 있다.

6·25에 버금간다는 참사와 정신적 트라우마를 경험하고도 몇 달만 흐르면 세월호를 까맣게 잊을 거라는, 그게 한국인이라는 냉소적 비평이 있다. 만에 하나 그렇다면 나는 정말 이 나라에 대한 희망을 포기하련다. 하지만 만에 구천구백구십구 억울하게 숨진 아이들의 최후를 우리가 절대로 잊지 않을 거라면, 그래야만 한다면 이제 울기만 해서는 안 될 것 같다. 심장을 찢는 슬픔과 분노를 안으로만 쏟아붓는 일은 이제 멈춰야 할 것 같다.

이 일을 저지른 것은 우리가 아니지 않은가. "너희들이 슬피 우는 것밖에 뭐 할 일이 있겠어?"라며 아이들의 시신 뒤에서 히죽히죽 웃으며 우리를 쳐다보는 주범들이 번연히 살아 있지 않은가.

사건의 충격에서 헤어나지 못한 탓일 게다. 아직 생각이 잘 정리가 되지 않는다. 하지만 새파란 불꽃같이 타오르는 지금의 슬픔과 분노를 조직화해야 한다는 확신만은 분명하다. 겉으로 보기엔 문제없이 돌아가는 것처럼 보이지만 암세포처럼 자라나 아이들을 죽였고, 끝내는 우리 모두를 죽이고야 말 일란성 쌍생아 같은 이 악의 체제를 그냥 놓아둘 순 없다는 생각 말이다. 정치적 차원이든 개인적 차원이든 무엇이든 해야 한다. 그것이 덧없이 숨져간 아이들을 위한 살아남은 우리들의 최소한 양심 아니겠는가.

아파트 뒷마당에 나서본다. 텍사스의 초여름 바람이 어린아이처럼 허공을 뛰어다닌다. 저 바람은 순식간에 바다를 건너 한국 땅에 닿을 것이다. 덧없이 푸른 하늘색 위에 어제 본 영정 속 단원고 여학생의 미소가 어룽어룽 젖어든다. 그러나 이제 나는 울지 않을 것이다.

개인의 도덕적 책임을 묻는 자들에게

국가기관의 직무유기가 아이들을 죽음으로 몰고 간 사실이 명백해지고 있다. 이런 와중에 아직도 "사람은 모두가 한계적 존재. 나 스스로가 먼저 반성해야 한다. 모두가 죄인인데 누가 누구를 탓하랴"고 외치는 사람이 있다.

내가 살아가며 저지르는 도덕적 과오는 당신이 지적하지 않아도 충분히 안다. 그러니 그런 헛소리는 어두운 방에서 혼자 해라. 나도 이 어이없는 나라의 구성원이다. 원하든 원치 않던 간에 선거를 통해 국가수장을 선출했다. 그러니 내게도 책임이 있다. 입으로만 떠들고 정작 행동에는 비겁했던 양심에 대한 책임 말이다.

해경이 배 위에까지 헬리콥터를 몰고 갔으면서도, 무섭고 위험해서 아이들이 있는 선실에 들어가지 못했다 변명하고 있다. 죽는 게 안 무서운 사람이 누가 있나. 그 마음은 이해한다. 하지만 그렇게 위험한 걸 지각했다면 "얘들아 어서 피해라!"라고 왜 소리조차 지르지 못했던가. 절체절명의 구난상황에서 국가가 민간의 사적 이익과 결탁한 더러운 냄새가 천지를 진동하고 있다. 지금은 어둠 속에 숨어 있지만 반드시 책임져야 할 누군가가 있다는 뜻이다.

그러니 당신께 말하고 싶다. 세월호 사건에는 시간의 진행별로 명백한 원인과 그 원인 제공자가 있다. 따라서 이 참극의 진상을 바닥까지 밝히고 책임을 묻는 건 결코 남의 일이 아니다. "그대로 있으라"고 배웠기에 그 말을 따랐고 앞으로도 따를 나와 당신의 아이들. 그 아이들이 다시는 구천을 떠도는 억울한 죽음이 되지 않기 위해 살아남은 당신과 내가 짊어져야 할 업보다.

괴물들의 나라

　세월호 학살은 단지 '시스템의 오류'일 뿐 국가기관이 잘 못한 것이 아니라고, 지금 정부를 비판하면 누가 마무리하 느냐는 말을 들었다. 속에서 천불이 확 오른다. 마무리는 무슨 마무리? 아이들은 벌써 다 죽었는데.

　유럽이나 미국 같은 서구에서 장애인에 대한 처우는 놀 라울 정도로 극진하다. 분노에 찬 장애인들이 도심에서 반 복적으로 시위를 하는 우리와는 비교 자체가 불가능할 정 도다. 다른 이유는 없다. 교통, 생활, 환경 모든 측면에서 위험 요소로 가득 찬 현대사회에서 누구나, 언제라도 장애 인이 될 수 있다는 인식 때문이다. 이런 생각에 대한 광범 위한 사회적 합의가 있는 것이다.

　세월호 참극은 문제의 본질이 훨씬 악랄하다. 이윤확보 에 눈이 멀어 온갖 불법을 저지른 악덕자본이 화약고를 제 공한 것은 맞다. 하지만 뇌관에 불을 붙이고 마침내 수백 명 아이의 생목숨을 수장한 것은 타락하고 무능한 이 나라 의 국가기관이기 때문이다.

이런 지경에서 뿌리까지 진상을 밝혀낸 다음, 사태를 야기한 책임자를 아래에서 위까지 철저히 처벌하지 않는다면 어떤 일이 일어날까. 조만간 지금보다 더 끔찍한 대형 참사가 나와 내 가족들을 대상으로 재발할 게다. 1분만 생각해도 고개 끄덕여지는 이런 기본적인 인식이 마비된 사람들이 주위에 참으로 많다.

　다음 셋 중에 하나겠다. 첫째 독점적 안전망을 통해 24시간 생활환경 자체가 완벽히 보호되는 최상위 1퍼센트 계급. 둘째 절대자가 자기와 가족을 돕기 때문에 이 어이없는 재난을 피해간다고 믿는 자. 셋째 심장과 머리가 굳을 대로 굳어져서 아무리 사태의 의미를 설명해도 못 알아듣는 자.

　친구의 나라 터키에서도 일이 터진 모양이다. 폭발사고로 허리 한번 제대로 펴지 못 펴고 가혹한 노동을 이어오던 광부 282명이 숨졌다. 그러자 즉각적으로 정부의 책임을 추궁하는 격렬한 시위가 전국에 걸쳐 터져 나오고 있다. 세월호 참극에 비교해서 터키 정부의 책임이 우리 정부보다 훨씬 더 크기 때문일까? 아니면 터키 사람들이 절제와 관용이 부족한 미개한 국민이라 그런 걸까?

　다른 선진국에서 국가기관이 개입한 이 같은 참혹한 사태가 터졌을 때, 그 나라 국민이 어떻게 대처할지 한번 생각해보라 권한다. 그러므로 세월호 참극에 대한 책임추궁은 할 수도 있고 안 할 수도 있는 선택지가 아니다. 살아남은 자들의 책무다. 이 일을 게을리하거나 포기하면 반드시 제2의 세월호 사건이 일어난다. 그때는 다름 아닌 나와 당신의 아들딸들이 희생양이 되고 말 것이다.

멀쩡한 얼굴로 멀쩡한 말을 하고 돌아다니는 괴물들이, 위로는 청와대부터 아래로는 온라인 공간까지 가득 들어차 있다는 사실을 이번 사태를 통해 생생히 목격한다. 타인의 절규와 절망에 무감각한 자들. 한 걸음 더 나아가 그런 마음을 비웃기까지 하는 자들. 그러한 괴물들이 누군지 뚜렷이 알게 되었다.

서글프고 아픈 밤이 하늘을 지나가고 있다.

그라운드 제로에서 세월호를 생각하다

2001년 9월 11일 오전 8시 45분과 9시 3분. 사우디아라비아와 이집트 출신 알 카에다 조직원들이 납치 조종한 여객기 2대가 월스트리트 세계무역센터 쌍둥이 건물에 충돌했다. 비스듬히 건물 허리를 끊고 들어간 충격으로 두 건물이 차례로 무너졌다.

90개 국적의 2,800에서 3,500명의 추정인원이 일시에 사망했다. 불타는 건물에서 뛰어내려 죽은 사람만 200명이 넘었다. 건국 이래 한 번도 본토 침공을 받아본 적 없는 (일본의 진주만 공격은 하와이에 국한된 것이었다) 미국에 가한 거대한 일격이었다.

이 사건은 21세기 이후 미국이라는 나라의 성격을 바꿔 놓았다. 정치군사적 최강자로 여유 있는 태도를 유지하던 대외정책이 극도의 경계심으로 순식간에 전환되었다. 집요한 테러경보 시스템이 가동되기 시작했다. 무엇보다 느슨하게 유지되던 출입국시스템이 전면적으로 변화되었다.

미국 사는 친구에 따르면 9·11 이전 미국 출입국 시스템은 엉성하기 짝이 없었다고 한다. 인터넷 전자정보 시스템이 가동되기 전이기는 했다. 그랬다 해도 동양인의 경우 외국 나갈 때 얼굴이 흡사한 동생이나 형의 여권으로도 무사통과가 가능했으니 말을 다한 거다.

그러나 테러 이후 모든 것이 바뀌었다. 미국은 국경(border) 안에 들어오는 모든 외국인들을 잠재적 테러용의자로 간주하기 시작했다. 철저한 여권 검사는 물론 위험 수화물에 대한 검색이 2중 3중으로 강화되었다. 다양한 물의가 터져 나올 정도로 입국 신체검사가 철저해졌다. 심지어 국내선 탑승 시에도 벨트와 신발을 다 벗고 검색을 할 정도다.

2014년 여름 뉴욕에서 9일 동안 머무르면서 망설였다. 9·11 현장(9·11 Memorial)에 과연 가야 하는지. 우선적으로 마음을 채운 것은 이런 생각이었다. '9·11이 미국에게는 매우 중요한 사건이다. 근데 이 나라의 제국주의적 본질에 가한 그러한 충격에 대해 내가 정도 이상의 감정을 표명할 이유가 있을까?' 하지만 무엇에 끌리듯 그곳을 방문했다. 마음속 뭔가가 나를 몰아간 것이다.

워싱턴 스퀘어 공원 근처 숙소를 나선 것이 8월 20일 오전 10시. 지하철을 3번이나 갈아타고 내린 곳은 뉴욕 메트로 E라인 월드트레이드센터 역. 로어 맨해튼(Lower Manhattan)에 위치한 월스트리트 지역은 그저 고층건물이

밀집했을 뿐 사람 왕래가 드물 것이라 막연히 상상했다. 그런데 웬걸, 지하 계단을 오르자마자 브로드웨이를 방불케 하는 인파가 와글와글하다. 관광객 복장이 많다. 대부분이 9·11 테러 현장, 일명 그라운드 제로(Ground Zero)를 보러 왔으리라 짐작된다.

그라운드 제로는 원래 핵폭탄이 터진 바로 아래 지점을 뜻한다. 하지만 오늘날에는 이곳의 고유명사가 되어버렸다. 테러 당시 여객기 납치범들이 노린 곳은 모두 3곳이었다. 쌍둥이 빌딩에 충돌한 2대를 제외하고 1대는 워싱턴의 국방성 건물 펜타곤(9시 37분 충돌. 이곳에서도 사망 및 실종자가 125명이나 나왔다)에 떨어졌다. 나머지 하나 격렬하게 싸운 승객들의 저지로 결국 피츠버그 인근 들판에 추락한 여객기가 노린 곳은 원자력 발전소가 아니면 백악관이었을 것으로 추측된다.

가장 피해가 컸던 곳이 지금 이 자리에 서 있던 세계 무역센터다. 무너진 2개의 빌딩은 미국 경제, 보다 구체적으로 미국이 주도하는 세계 자본주의의 상징이었다. 세계 모든 사람이 TV 생중계를 보았다. 허리가 완전히 꺾인 110층의 거대한 건물이 차례로 무너지던 장면. 일대를 뒤덮은 거대한 먼지구름. 비명을 지르며 거리를 달리던 사람들의 표정. 일순간에 미국의 정치, 경제, 국방 시스템이 아수라장이 되었다. 특히 테러가 집중된 뉴욕은 완전 패닉

상태에 빠졌다.

그 후 어언 13년이 흘렀다. 원래 건물이 서 있던 자리 옆에는 "세계는 하나"라는 의미의 원 월드 무역센터(One World Trade Center)가 한창 공사 중이다. 총 4개 건물 가운데 프리덤 타워라 명명된 104층짜리 1호 건물의 진도가 가장 빠르다.

2014년의 오늘 테러 현장은 그저 관광객들이 몰려와 사진 찍는 평범한 명소로 변모했다. 건물이 서 있던 자리에는 거대한 검은색 돌과 철 구조물로 이뤄진 두 개의 인공 연못이 조성되었다. 남쪽 연못(South Pool), 북쪽 연못(North Pool)이 그것이다. 구조물 측면에서 흘러내린 물이 다시 연못 중앙의 네모난 구역에 폭포를 이뤄 떨어지는 방식이다.

연못을 둘러싸고 검은색으로 칠해진 거대한 강철 패널이 있다. 그 위에는 테러로 숨진 이들의 이름을 일일이 음각으로 새겼다. 군데군데 그러한 이름 위에 하얀색 장미가 꽂혀 있다. 유가족이 와서 놓은 것일까, 아니면 이름 모를 관광객이 놓고 간 걸까.

이곳에서 일어난 테러를 직접적으로 설명하는 것은 9·11 메모리얼 뮤지엄과 유가족들에 의해 세워진 트리뷰트센터(9·11 Tribute Center)뿐이다. 시간이 바빠 그곳은 들르지 못했다. 그렇지만 내가 읽은 안내문에는 이런 문구가

적혀 있다. 센터를 안내하는 가이드들은 9·11 유족들이거나 복구현장에서 일했던 사람들이라고. 혹은 무역센터 건물이 무너지기 전에 무사히 빠져나온 사람들이라고 한다.

9·11 테러의 진상은 저절로 드러나지 않았다. 그것을 주도적으로 밝혀낸 사람들은 유족들이었다. 그들의 집요한 노력에 힘입어 베일에 가려졌던 테러 사건의 전모가 낱낱이 모습을 드러내게 된 것이다. 테러가 발생한 지 오랜 시간이 흐른 지금도 이들은 현장을 지키며 사건이 지닌 의미와 비극성을 생생히 증언하고 있다.

그라운드 제로를 둘러보면서 어쩔 수 없이 마음속에 밟히는 것은 세월호 유가족들의 얼굴이다. 경찰 벽에 가로막혀 울부짖는 어미의 모습이다. 9·11은 외적이 침공한 사건이다. 반면에 세월호 참극은 내 땅에서, 국가의 직무유기로 발생한 사건이다. 그럼에도 불구하고 6개월이 채 지나기 전에 벌써 세월호가 피곤하다는 불평들이 터져 나오기 시작한다. 아무 상관관계도 없는 경제를 내세워 이만 진상규명 요구를 양보하라는 말들이 나온다. 심지어 추기경이라는 자의 입에서.

제 배만 부르면 끝인 이기적 인간들이다. 애도도 아픔도 공감도 없는 좀비 같은 존재들이다. 가장 열불이 치솟는 것은 진상을 밝히자는 당연한 요구에 대한 "사라진 7시간을 조사하겠단 말이냐?"라는 황당무계한 답변이다. 이것이 내가 사는 나라의 모습이다.

미국은 어떠했는가. 유가족들 요구대로 진상조사와 관련된 광범위한 권한을 갖는 9·11 위원회를 출범시켰다. 테러의 배경과 진행 그리고 책임자에 대한 집요하리만큼 철저한 조사를 벌였다. 그 같은 노력은 지금도 끝이 나지 않았다. 예를 들어 9·11 테러 지원 국가에 대한 비밀문건 가운데 외교적 문제로 지정해제가 되지 않고 있는 내용이 있다. 이에 대해 9·11 유족 모임 공동의장이 얼마 전 기자회견에서 공개를 촉구했을 정도다.

나는 이 나라가 그저 그렇다. 인정할 건 인정하면서도 넓은 땅, 풍성한 인프라, 흘러넘치는 재화에 그저 감탄하기보다는 비판적으로 살펴보려고 한다. 문제는 그라운드 제로 같은 장소에 오는 순간이다. 국가가 국민들에게 어떤 존재가 되어야 하는가를 몸으로 실감하는 경험을 할 때다. 이런 시간마다 습관처럼 떠오르는 생각이 있다. 그것은 내 나라의 비루함이다. 민중의 비루함이 아니라 가진 자와 누리는 자들, 권력을 쥔 자들이 저지르는 생존방식의 비루함이다.

9·11 현장에서 내 마음이 불편한 것은 바로 내가 떠나온 곳 때문인 것이다. 8월의 뉴욕 하늘은 저리도 넓고 푸른데, 그처럼 명징스러운 대비와 자각이 나그네를 서글프게 만든다.

광장의 기도*

　광화문에 다녀왔다. 교보문고 들러 필요한 책을 찾고 광장으로 건너간다. 휘황하게 불 밝힌 세종대왕 상 앞으로 대형 무대가 마련되어 있다. 내일, 광복절을 기념해서 무슨 행사를 여는 모양이다. 광장 주위에 설치된 텐트에 '출연자 대기실'이란 이름이 붙어 있다. 연예인들 동원해서 관변 이벤트를 벌이는 게 아닌가 싶다. 그런데 말이다. 커다랗게 세워진 가설 무대와 차단벽 위에 온통 이런 문구가 붙어 있는 게 아닌가.

　"자랑스러운 대한민국! 우리 모두 대한민국!"

　조잡스러운 느낌표를 두 개나 붙여놓았다. 행사 주관 부처는 행정자치부다. 이순신 동상 앞 세월호 광장으로 건너온다. 미인양자 얼굴이 그려진 작은 만장들이 펄럭이고, 꼬맹이 손잡고 온 엄마가 아이에게 세월호를 설명하고 있다. 마침 금요미사가 시작되었다. 미사 집전하는 젊은 신부는

---

*　박근혜 정부 시절인 2015년 여름에 쓴 글이다.

부산교구 소속이다. 멀리 이탈리아에서 유학 중인데 여름 휴가를 받아 일부러 광화문에 왔다 한다. 그의 첫 마디가 이렇다.

"저는 부산에서 나고 자라 바닷물이 얼마나 깊고 차가운 지 잘 압니다."

성호를 긋고 기도문을 함께하노라니 두 주 전에 찾았던 팽목항, 그 무거웠던 바다 안개가 떠오른다. 그보다 더욱 선명히 내 마음속에 떠오르는 것은 정부 주도의 대규모 축하 행사장과 세월호 광장 사이에 가로 놓인 간극이다. 참극 발생 500일을 향해 다가서는 오늘, 바닷물보다 더 깊고 어두운 심연이 광화문 광장 아래 흐르고 있는 것이다.

권력에 의해 생죽음당한 아이들 분향소 옆에 대담하게 무대를 세우고 "우리 모두 대한민국!"을 외치다니. 이것이야말로 문제 해결의 첫발도 딛지 않은 세월호 비극을 모욕하며 덮치는 권력의 광대짓이 아닌가.

304명 희생자를 애도하는 기도가 아직 광장에서 메아리 치는 한 자랑스러운 대한민국은 있을 수 없다. 우리 모두가 하나되는 대한민국은 아직 멀고 멀었다. 허위가 진실에 악의적으로 침을 뱉는 이 얼빠진 짓을 언제까지 계속할 것인지, 최고 권력자에게 묻고 싶다.

팽목항의 바람

　세월호 참사가 일어났을 때 먼 곳에 나가 있었다. 분노하고 절망하고 기도했지만, 바다를 건넌 물리적 거리가 참극에 대한 실감을 어쩔 수 없이 완충시켰던 모양이다. 1년이란 시간이 흘렀는데, 한국에 돌아와서 다시 맞는 4월이 나에게는 어떤 면에서 더 깊고 아픈 이유다.

　오늘 날짜 《경향신문》에 『팽목항에서 불어오는 바람』이란 책 서평이 실렸다. 그 내용 중에 희생학생 성호가 물에서 "두 손 꽉 오므린 채 구부러진 손톱으로" 나왔다는 대목이 나온다. 소파에 앉아 있다가 실제로 물리적인 무엇에 찔린 듯 몸이 펄쩍 떨린다. 요 며칠 계속 이런다. 사진을 보거나 기사를 읽거나 SNS 글을 접할 때마다.

　지금 내가 이런데 2014년의 그 잔인한 봄과 여름을 대체 유가족들은 어떻게 견딘 것일까. 곁에서 그 모습을 지켜본 수많은 내 친구들은 어떻게 견딘 것일까. 창밖을 본다. 봄을 시샘하는 찬바람이 분다. 저 길은 벽이 없으니 광화문까지 바람은 이어지리라.

인간이기를 포기한 것들에 대한 인간들의 싸움이다. 어떤 형태로든 힘을 보태야 한다는 마음을 다져본다.

어느 4월 16일

어제는 점심녘에 강의가 있었다. 1학년들이다.

아직 고등학생 티를 채 벗지 못한 아이들. 시끌벅적 소란스러운 강의실. 교탁에 강의 자료를 놓고 인사를 하는데, 앞자리 여학생 하나가 이렇게 말한다.

"어, 교수님?"

내 옷깃의 세월호 리본을 가리키며 하는 말이다. "오늘이 무슨 날인지 아니?"라고 물으니 모두 일순 고개를 푹 떨어뜨린다. 군데군데 한숨소리가 새어나온다. 묵념을 하자고 제안했다. 모두 일어난 강의실 안이 한없이 고요해진다.

수업 마친 늦은 오후에 집으로 돌아왔다. 서면에서 열리는 추모제에 나가봐야 할 것 같았다. 하지만 알 수 없는 무기력증이 온몸을 감쌌다. 혼자 저녁을 차려 먹고 TV를 켠다. 리본도 달지 않은 채 팽목항을 찾은 박근혜의 생쇼를 감상한다. 시청 앞 광장의 모습과 꽃 바치려는 참배까지 막아서는 버스절벽을 지켜본다. 늦은 밤에는 인터넷을 열고 시민들의 구호와 절규를 들었다. 글이든 음악이든 뭐라도 애도의 내용을 표해야겠다는 것은 마음뿐, 꼼짝달싹 아무것도 할 수 없는 하루였다.

그렇게 4월 16일이 지나갔다. 오늘은 오후 3시부터 강의다. 연구실 의자에 앉아 창밖을 가만히 바라본다. 눈부신 햇살이 천지를 가득 채우고 봄바람이 하늘 벌판을 뛰어간다. 아이들아 정말 미안하다. 남아 있는 우리가 이렇게 무력해서. 꽃 한 송이 외에는 너희들 앞에 바칠 것이 아무것도 없어서.

파리코뮌과 세월호 리본

1

낯선 도시에 가면 유명인이 묻힌 묘지를 즐겨 찾는다. 특별한 연고가 있을 리 없으니 거기 묻힌 누군가의 인생을 만나러 가는 것이다. 묘지만큼 특정인이 살다간 흔적을 압축하여 보여주는 장소가 없기 때문이다.

일본이든 미국이든 유럽이든 문화를 막론하고 모든 묘지는 일상의 번요를 떠나 있다. 말 없이 고요하다. 흔들리는 나뭇잎 사이로 햇살이 그림자 춤을 추는 곳. 묘석과 흉상 사이를 천천히 걷노라면 치열하게 자기 시대를 살다 간 사람들이 말없는 말을 건넨다. 내가 찾아간 파리의 '페흐 라쉐즈 묘지' 또한 그러했다.

19세기 초에 만들어진 이 묘지에는 7만 기가 넘는 가족 및 개인 묘가 있다. 파리 지하철 2, 3호선이 겹쳐 지나는 페흐 라쉐즈 역에서 내린 다음 벽을 따라 300미터쯤 걸어가면 정문이 나온다. 입구 안내소에서 지도를 받아야 할 정도로 묘역이 넓다.

　총 97개 구역으로 나눠진 이 공간에는 프랑스와 유럽 근
현대사를 대표하는 유명인들의 묘가 가득하다. 세계 각국
에서 찾아온 여성 팬들이 묘비에 립스틱 자국을 남기는 것
으로 유명한 오스카 와일드의 무덤, 그 밖에도 발자크(48번
구역), 쇼팽(12번 구역), 에디트 피아프(97번 구역)와 한때 그
의 남편이었던 이브 몽탕(44번 구역) 등이 영원의 잠을 자
고 있다.

　나에게 있어 페흐 라쉐즈는 이미 10년 전에 다녀가야 했
던 곳이다. 그해 국제광고제 때문에 칸에 갔다가 파리를
거쳐 귀국했는데 이상하게 일정이 꼬였다. 마음만 간절했
을 뿐 도저히 찾아갈 도리가 없었던 게다. 이번 여행에서
는 무슨 일이 있어도 방문하리라 출발 전 단단히 결심을
했다. 이유는 한 가지, 묘지 북동쪽에 있는 '파리코뮌 전사

들의 벽(Mur des Federes)'을 찾기 위해서였다.

아시다시피 파리코뮌(Commune de Paris)은 세계 최초의 노동자 자치정부. 1871년 보불전쟁 패배 이후 부패 무능한 정부군 대신 파리 시민들과 노동자들이 자체 무장을 했다. 그리고 선거를 통해 시 전역을 통괄하는 민중 주도의 새로운 입법, 행정 정부를 구성하게 된다. 혁명적인 정치, 사회, 경제, 문화적 개혁정책을 실시했다. 이 비운의 정부가 존속한 시기는 1871년 3월 28일부터 같은 해 5월 28일까지 고작 두 달간이었다.

같은 해 5월 21일 파리코뮌의 급진성과 대외적 영향력에 공포와 증오를 품은 정부군과 프로이센 연합군이 파리를 침공한다. 튈르리 궁전 공원(루브르 박물관 뒤에 위치. 지금은 커다란 관람차가 돌아가는 시민공원으로 유명하다)에서 열린 '코뮌 전사자 가족을 위한 음악회'를 틈탄 기습 공격이었다.

방어선을 돌파한 2만 정부군(다음 날 7만 명이 더 늘어남)은 눈앞에 보이는 모든 코뮌군과 시민들을 잔인하게 죽인다. 그리고 파리 서쪽에서 동쪽으로 대대적 추격전을 벌인다. '피의 1주일'이라 불리는 대학살이 시작된 것이다(지난 시절 많은 사람이 광주민주화운동을 이 사건에 비유했던 까닭이 여기에 있다).

대혁명 시기에 나타났고 1830, 1848년 혁명 시기에 다

시 등장했던 바리케이드가 시내 곳곳의 도로에 설치된다.
하지만 압도적 인원과 무장력을 행사하는 정부군과의 싸
움은 애초부터 상대가 되기 어려운 것이었다. 전투라기보
다는 학살에 가까운 시가전을 통해 수많은 인명이 목숨을
잃는다.

　지금은 무명 화가들의 이젤 행렬로 유명한 몽마르트르
지역의 경우, 여성 100명을 포함하여 바리케이드를 친 코
뮌군 전부가 잔인하게 살해당했다.

　전투 중에 3만 명에 가까운 코뮌 전사와 시민들이 죽임
을 당한 것으로 알려지고 있다. 전투 종결 후에는 코뮌 가
담자와 지지자 4만 명이 군사재판에 회부되어 그중 1만
명이 사형을 받았고 7,000명 이상이 국외 추방을 당했다.
예를 들어 사실주의 회화의 선구자였던 쿠르베는 상상을
초월하는 벌금형으로 파산한 후 스위스에서 비참하게 숨
을 거둔다.

코뮌 소멸 후에도 정부군과 그 주구들의 백색테러가 끊임없이 이어졌다. 센강에 푸른 강물 대신 코뮌나르(코뮌 지지자)들의 시체가 흐른다는 말이 나올 정도였다.

피의 일주일의 엿새째, 5월 27일에는 파리 전역에 비가 내렸다. 퇴로를 완전히 차단당한 코뮌군은 도시 동쪽의 페흐 라쉐즈 묘지까지 밀리게 된다. 그리고 곳곳에 산재한 묘석을 방패 삼아 치열한 총격전이 벌어진다. 그때의 흔적일까, 검은색 이끼가 낀 아주 오래된 몇몇 묘석에는 아직

도 탄흔이 남아 있다.

마지막 총알까지 소진된 코뮌군은 정부군과 피의 백병전을 벌였다. 그리고 중과부적으로 남은 147명이 생포되었고, 사로잡힌 전사들은 현장에서 즉결처분을 받는다. 묘지와 시민 거주지를 구획하는 벽 앞에 일렬로 쭉 세워져 총살을 당한 것이다. 그 장소가 바로 묘지 북동쪽 77번 구역의 벽돌 벽이다.

그런 의미에서 이 벽은 파리코뮌이라는 거대한 역사적 사건 혹은 비극을 상징하는 애절한 기념비다. 내가 이 장소를 꼭 찾아야겠다고 생각한 것은 그들의 열망과 좌절 그리고 죽음에 어떤 형태로든 예를 표하고 싶었기 때문이다.

2

전사들의 벽이 있는 77번 구역은 묘지 북동쪽 맨 구석자리에 있다. 안내판을 보니 그곳을 향하는 중간에 눈에 띄는 이름들이 적지 않다. 오스카 와일드, 짐 모리슨, 발자크의 무덤은 방향이 달라서 건너뛴다. 〈고엽(Les Fuilles Mortes)〉의 가수 이브 몽탕이 잠든 곳은 44번 구역. 그의 무덤도 보고 싶었지만 역시 포기. 하지만 프레드릭 쇼팽과 에디트 피아프의 무덤은 안 볼 수 없다.

12번 구역의 좁은 오솔길 옆에 위치한 쇼팽의 묘지. 선이 여린 그의 옆모습을 새긴 부조(浮彫) 앞에 시들거나 아

직도 꽃잎이 생생한 꽃다발 여러 개. 펜스 난간에는 흰색과 빨간색의 폴란드 국기 리본이 매어져 있다. 폐결핵에 신음하며 고향을 그리워하다가 39세 젊은 나이에 이국에 묻힌 천재 피아니스트 겸 작곡가다. 생전에 조르즈 상드를 비롯하여 여성들의 사랑을 독차지했던 쇼팽답게 오늘 무덤 앞에 서성이는 대여섯 명은 모두 여성이다.

에디트 피아프의 묘는 전사들의 벽에서 50미터도 떨어져 있지 않은 97구역에 있다. 곡예사 아버지를 따라 거리에서 최초로 노래를 불렀던 20세기 최고의 샹송가수 피아프. 하지만 평생 사랑에 목말랐고 역설적으로 평생 외로웠던 '어린 참새(Piaf)'의 고독을 떠올려본다.

97구역에는 개인 묘지도 있지만 다카우, 아우슈비츠 등

나치 강제수용소 희생자들의 묘비가 여럿 서 있다. 모퉁이를 돌아서는데 갑자기 한국말이 들린다. 20대 초반의 학생들이 20명 남짓 다카우 수용소 희생자 묘비를 반원형으로 둘러서 있다. 인솔자가 2차 대전 당시 독일과 유럽의 정세를 설명 중이다. 우리나라 대학생들이 단체로 페흐 라쉐즈를 찾아온 게다.

눈빛을 반짝이며 설명 듣는 젊은이들 얼굴이 푸른 나뭇잎처럼 반짝인다. 그 모습이 보기 좋아 빙그레 웃음이 난다. 목례를 하고 지나치려는데, 설명을 마친 가이드 청년이 나를 보더니 "혹시 김동규 교수님 아니세요?"라고 묻는다.

파리 한구석의 묘지에서 나를 알아보는 사람이 있다니. 물어보니 신문칼럼을 읽었단다. 반갑게 악수를 나눈다. 고려대학교 신입생들 20명이 20일간 유럽 자동차여행을 왔다는 게다. 학생들에게 코뮌 전사의 묘를 보러 왔냐고 물으니 일시에 고개를 끄덕인다.

에디트 피아프 묘지 위치를 아냐고 여학생 한 명에게 물었다. "에디트요?" 눈이 동그래져서 되묻는다. 요즘 세대들이 〈장밋빛 인생(La Vie en Rose)〉을 알 리 없고 〈빠담 빠담〉을 알 리 없겠지. 웃으며 아니라고 말하고 작별을 한다.

"안녕히 가세요!"

한목소리로 인사 건네더니 모두 언덕을 넘어간다. 도란도란 멀어지는 목소리들 너머로 훤한 휘광이 비치는 듯 착각이 든다.

3

세 사람이 함께 묻힌 피아프의 가족묘는 생각보다 소박하다. 그녀가 즐겨 입던 검은 드레스를 상징하는 걸까, 윤기 나는 흑요석 묘석 위에 십자가 위 예수가 누워 있다. 그 옆에 'EP'라는 금박을 새긴 화병이 놓여 있고. 꽃들이 가득 꽂혀 있는데 역시 붉은 장미가 많다. 가장 눈에 띄는 꽃다발에는 "에디트 피아프에게(To Edith Piaf) 조르게와 세릴이(From Jorge & Cheryl)"이라는 인쇄글씨를 코팅 입힌 메시지가 붙어 있다.

드디어 코뮌 전사들의 벽이다. 커다란 떡갈나무 너머에 가로로 길게 돌로 쌓은 벽이 누워 있다. 벽 너머는 사람들이 거주하는 일반 주택들. 담쟁이덩굴로 덮여 있는 높이 3미터 정도 벽 한가운데 대리석 판이 붙었다. 거기에 이런 글귀가 적혀 있다.

"1871년 5월 21일에서 28일까지, 코뮌 희생자를 위하여."

작은 화단에는 팬지꽃이 불타오르고 석판 주위로 시든 꽃다발들이 놓여 있다. 일흔 살은 넘어 보이는 노부부가 먼저 와 있다. 석판을 부드럽게 쓰다듬으며 동유럽 어느 쪽 나라로 짐작되는 말로 조용히 서로 대화를 나눈다.

　나도 벽으로 다가가서 석판을 어루만져본다. 판을 둘러
싼 담벼락에 작은 쇠고리들이 여럿 돌출되어 있다. 그런데
거기에 작은 펜던트 하나가 걸려 있는 게 아닌가. 노란색
의 세월호 리본이! 이곳에서 세월호 리본을 만나다니.

　누가 남겨놓고 떠났을까. 조금 전 왔다 간 학생들일까,
아니면 그전에 다녀간 누구일까. 갑자기 북받치는 감정을
추스르지 못해 입을 막고 망연히 하늘을 쳐다본다. 바람이
공중에서 이리저리 뛰어다니는 여름 한낮, 파리의 묘지 한
모퉁이에 서서 코뮌 전사들의 죽음과 세월호 아이들의 죽
음을 함께 생각한다.

　국가라는 잔인한 힘에 의해 희생되었으나 끝내는 민중
의 가슴에 붉은 꽃처럼 되살아날 이름들. 백 수십 년의 시
공을 넘어 서로 만난 이 애절한 죽음들 앞에서 멀리서 온

남자는 어찌할 바를 모른다. 그저 자꾸만 벽을 만지고 리본을 어루만진다. 그렇게 종내 자리를 떠나지 못한다.

원주 하늘의 구름 리본[*]

1

누가 나에게 '신이 존재하는가'라고 물으면 믿는다고 대답한다. 하지만 그리 답하는 것은 신앙 때문만은 아니다. 군대 가기 전의 겨울, 한밤중에 홀로 칠곡 인근의 산을 넘다가 바라본 하늘. 온 천지를 휘감은 은하수의 물결을 보고 신의 존재를 느꼈다. 이후 내 속에 들어온 것은 늘 그러한 존재였으니, 굳이 정의하자면 나는 '범신론(汎神論)'을 믿는 셈이다.

우리가 사는 우주에는 해바라기 씨만도 못한 인간의 두뇌와 깜냥을 넘어서는 어떤 힘이 존재한다고 생각하는 것이다. 그렇게 믿게 된 두 번째 계기가 있었다. 1987년 7월에 경험한 것이다. 그해 6월 9일 경찰이 쏜 직격 최루탄에 맞아 한 달 만에 결국 숨진 연세대생 이한열의 노제가 시청 앞 광장에서 열렸다.

---

[*] 2017년 3월 22일, 차가운 바다에 잠겨 있던 세월호 선체가 인양되던 날. 강원도 원주 하늘에 세월호 리본을 닮은 구름이 떴다.

100만 명 이상의 시민이 참여했다. 광장에는 발 디딜 틈 하나 없이 사람들이 가득 찼다. 그때 누군가가 손가락으로 하늘을 가리키며 큰 소리로 외치는 게 아닌가.

"저거 봐!"

고개를 치켜든 순간 나도 모르게 탄식이 나왔다. 정오 즈음의 환한 대낮이었다. 그런데 해를 둘러싸고 커다랗고 둥근 빛 무늬가 황홀하게 펼쳐져 있는 것이었다. 햇무리가 뜬 거였다. 마치 스물한 살 청년의 애달픈 죽음을 애도하듯이.

그때 햇무리를 난생처음 보았다. 그 후로도 본 적이 없었다. 상상해보라, 백만 명의 군중이 일제히 놀라며 고개 들어 하늘을 쳐다보는 장면을. 그 순간 나에게 어떤 전율이 뛰어들었다.

우주에는 나의 경험 범위를 넘어서는 어떤 힘이 있구나. 그 힘은 팔짱 끼고 인간 세상을 냉연히 지켜보기만 하는 것이 아니구나. 사람들의 간절한 마음이 하늘에 가서 닿을 때, 저렇게 초자연적 현상으로 자기 마음을 나타내 보이는구나. 그렇게 내 안에 들어온 생각이 아직도 변하지 않고 있다. 나의 범신론에 결정적 영향을 준 것이다.

2

세월호 인양이 시작된 어제, 강원도 원주 하늘에 리본 모

양의 구름이 떴다는 뉴스다. 수많은 사람이 여러 각도에서 찍은 사진을 올렸다. 조작된 사진이 아니라는 뜻이다. 하지만 이러한 논리적 판단 전에 나는 어떤 힘이 그런 구름을 나타내 보여주었다는 사실을 믿는다.

초자연에 대한 미신이라고 비웃어도 좋다. 아이들 가르치는 선생이 비과학적 생각에 사로잡혀 있다고 해도 좋다. 하지만 나는 왜 저런 구름이 나타났는가에 대하여 확고한 생각을 품는다.

3년 동안 피 흘린 수백만 사람들의 신음이 하늘로 올라간 것이다. 그 절규가 마침내 침묵하는 누군가의 마음을 뒤흔든 것이다. 그래서 30년 전 시청 앞 광장에서 그랬듯이, 지금 리본 구름으로 땅 위의 고통받는 인간들에게 이런 위로의 메시지를 보내는 것이다.

"그래 안다. 너희들의 찢어진 마음을 다 안다. 그러니 부디 힘을 내라. 내가 너희와 함께 있으니 종내 나는 진실을 외면하지 않으마."

이래저래 오늘 아침은 마음이 슬프고도 벅차다.

차창 틈으로
벚꽃 잎이 화사사 날아든다

오랫동안 닫혀 있던
내 마음 열고

분홍빛 두근거리며
그대가 찾아오듯이

5장

우리가 빼앗긴 이름들

노동절, 우리가 빼앗긴 이름

　허상의 이미지가 실체를 대체하는 시뮬라시옹 개념을 적용하자면, 본질을 땅에 묻고 엉터리 현실을 만들어내는 대표적 도구가 '가짜 이름 붙이기'다. 공자가 『논어(論語)』에서 강조한 정명(正名)이 동일한 연장 선상에 있다. 세상을 둘러싼 사물, 사람, 사건, 실체에 대하여 올바른 이름을 붙이지 않으면 참된 인식과 행동이 시작될 수 없다는 것이다.

　시공을 초월하여 타락한 권력이 가짜 이름 붙이기를 즐기는 이유가 여기에 있다. 예를 들어 어느 나라 거대 정보기관은, 작전 수행 시 사람 죽이는 것을 '장애물 제거'라는 가치판단이 말끔히 소독된 단어로 부른다.

　이 관점에서 보자면 대한민국은 '반정명(反正名)'이 일상화되고 구조화된 사회다. 이곳에서 기득권 영속을 목표로 권력에 의해 난도질당한 '이름'이 한두 가지일까. 하지만 그같은 악행이 가장 성행하는 곳은 역시 노동현실 영역이다.

　육체와 정신을 팔아 자신과 가족의 삶을 건사하는 직업에 대한 가장 타당하고 객관적인 명칭은 당연히 '노동자(勞

動者)'다. 일제 때부터 쓰이던 이 단어가 듣도 보도 못한 '근로자'라는 명칭으로 대체되어 공문서나 언론에 등장하게 된 것이 언제부터일까? 박정희가 1963년(5·16쿠데타 후) 실시된 대통령 선거에서 당선된 후 1923년부터 사용되던 노동절 명칭을 '근로자의 날'로 바꾸면서부터라고 이해된다.

조지 오웰이 지적한 대로 "생각이 언어를 타락시키고, 언어가 생각을 타락시킨다"고 말한 바로 그 지점이다. '근로자(勤勞者)'라는 명칭 자체가 주체를 타자화하고 수동화하는 뚜렷한 악의를 지녔기 때문이다. "고용주에 대하여 근면성실하게 노동력을 제공하고 반대급부로 임금을 하사받는 존재", 즉 '노동하는 인간'을 종속화하는 자본 중심 이데올로기의 산물인 게다. 노동자는 오히려 그와는 정반대 지점에서 한 사회의 시스템을 주체적으로 구축하고 동력을 형성해가는 세상의 주인이다.

28년의 집권 기간에 박정희가 저지른 행악이 하나둘이 아니다. 하지만 나는 관료, 언론, 어용학자들을 동원하여 감행한 노동에 대한 법적, 제도적, 이데올로기적 공격이 그 선두에 있다 믿는다. 대표적 사례가 '근로자의 날' 제정과 '근로자' 명칭 공고화라고 생각한다. 노동하는 사람들의 전생에 걸친 자부심과 주체성을 압살하기 위해 저지른 교활하고 광범위한 '반정명'이기 때문이다.

왜곡된 말을 무기로 사용하는, 노동자와 노동운동에 대

한 지난 수십 년간의 (지금도 여전히 계속되는) 부정적 인식 구축과 사회적 의제 설정. 나는 이 행태야말로 1인당 GDP 3만 달러를 훌쩍 넘어선 오늘날 대한민국을 OECD 최하의 노동 후진국에 위치시키는 주범이라고 확신한다. 노동의 의미와 그 구현체로서 노동운동에 대한 광범위한 공격적 해게모니가 구성원들의 공동체적 건강성을 크게 해치고 있기 때문이다.

개혁이 중요하고 선거가 중요하다. 하지만 오늘 아침에 떠오르는 생각은, 이 땅의 일그러진 경제·사회·문화적 관행을 개선하기 위해 정부가 추진해야 할 또 다른 우선적 과제가 있다는 것이다. 바로 박정희에게 빼앗긴 노동절 명칭을 되찾는 것이다. 그러한 새로운 정명이 정부에 의하여 공식적으로 추진될 시점이 왔다는 것이다. 제대로 된 '이름 붙이기'에서부터 비로소 세상을 바꾸는 사람들의 행동이 시작되기 때문이다.

빠르면 빠를수록 좋다. 내년 5월 1일이 국가 제정 '노동절'로 기념되기를 빌며, 다시 한 번 세계 노동자의 생일을 축하한다.*

---

* 2017년 5월 1일에 쓴 글이다. 이후 여러 차례에 걸쳐 노동절 명칭 변경 법안이 국회에 제출되었지만 아직도 통과되지 않은 상태다.

웃지 마라[*]

30대 초반의 일이다. 광고회사 카피라이터. 그것이 내 직업이었다.

온종일 피땀을 짜내는 정신노동 위에 끝없는 무보수 야근이 기다리는 일이었다. '쟁이 근성' 어쩌고 허황된 사탕발림에도 불구하고 젊은 우리들이 보는 광고계는 가혹한 노동착취의 현장이었다. 입사동기와 선배들이 모여 노동조합을 준비했다. 과도소비와 허상의 욕망을 창조하는 자본주의 첨병들이 노동조합이라? 어쨌든 우리는 했다. 퇴근 후 회사 근처 여관방에서 수많은 밤을 지새우며 근로기준법을 공부하고 유인물을 만들었다.

마침내 사용자 측의 집요한 방해를 뚫고 종로구청에 노동조합설립신고서를 제출했다. 대한민국 광고회사 최초의

---

[*] 2014년 6월 19일에 쓴 글이다. 이날 박근혜 치하의 법원이 '전국교직원노동조합'에 대한 법외노조 판결을 내린 것이다. 그로부터 6년이 지난 2020년 9월 3일, 전교조에 대하여 법외노조 통보 취소가 실행되었다. 사필귀정이었다.

노동조합이었다. 그러한 '깃발'과 관련되어 이듬해 결국 회사를 나오게 되었다. 광고계에 내 이름 석 자로 블랙리스트가 돈 모양이었다. 반년 넘어 동안 취업이 확정된 여러 회사에서 출근 직전 "저 미안한데"라는 통보를 받았다.

인생의 길을 완전히 바꿔야겠다 작정하던 즈음, 내 전력을 채 알지 못한 중규모 광고회사에서 오퍼가 왔다. 가족을 먹여 살려야 했다. '과거'를 묻고 열심히 살았다. 상도 많이 받았다.

그러던 어느 날 놀라운 일이 벌어졌다. 내가 다녔던 전직 회사 임원들이 신생 노동조합으로 인해 곤욕을 많이 치렀다. 그중 한 사람(이름을 밝히진 않으련다)이 골프모임에서 현재 회사의 사장에게 내 악담을 한 것이다. 위험한 놈이라고. 틀림없이 그곳에서도 노동조합 만들 거라고. 자르라고. 그에게는 악담이었겠지만 내게는 생사가 걸린 일이었다.

아무리 그래도 휘하에서 일한 젊은 부하직원의 등에 꽂은 비열한 칼이었다. 국장을 통해 사직 압력이 왔다. 나는 폭발했다. 대표이사에게 그대로 전해 달라고 했다. 시한폭탄을 품은 거 같은 모양인데 원한다면 터져주겠다고. 세상에 대한 분노, 인간에 대한 환멸이 오기로 터져 나왔다. 그런 며칠 후 사장이 나를 개인적으로 불렀다. 어색하게 웃으면서 말했다. "없었던 일로 하자"고.

몇 개월 후 회사를 옮기게 된 면접 자리. 새로운 대표이사가 빙긋이 웃으며 이렇게 물었다. "여기 와서도 노조 만들 건가?" 지금도 내가 존경하는 이문양 사장님이셨다. 스스로 동아투위 사건으로 해직된 PD 출신이셨다. 그렇게 서로 격려하며 이 사장님이 회사를 떠나실 때까지 기쁘게 그분을 모셨다.

왜 이런 이야기를 길게 하냐고? 법원이 전국교직원노동조합에 대한 최종적 법외노조 판결을 내린 것을 보고 나서다. 옛 생각이 파도처럼 밀려왔기 때문이다. 전교조는 1989년 우리가 노동조합 만들었던 거의 같은 시기에 설립되었다. 합법노조가 된 지도 어언 15년 역사를 지니고 있다. 이러한 역사적 조직을 법의 바깥으로 내동댕이친 것이다. 5만 3,000여 조합원 가운데 단 9명의 해직교사에게 조합원 지위를 부여했다는 이유 하나로. 동지를 배신하지 않은 것에 대한 벌을 내린 것이다.

법원의 판결에 온몸으로 분노한다. 이명박과 박근혜 치하 유사 시국사건 판결에 비추어, 전교조 법외노조화가 순순히 철회될 것이라고는 믿지 않았다. 하지만 지방선거가 그들의 승리로 끝난 지 채 2주도 지나지 않아 나온 판결. 이것은 법의 이름을 빌린 하나의 폭압이다. 참여연대 노동사회위원회의 다음과 같은 성명이 곧 나의 생각이다.

노동조합의 의미를 퇴색시키고, 헌법과 법률에도 반하며,

국제기준에도 위반되는 전교조의 '법상 노조 아님' 처분의 적법성을 인정한 이번 판결은 사법부의 노동권에 대한 편협하고 제한적이며 국제적 기준에 미달한 인식수준을 보여준다.

축배의 잔을 들고 있을 당신에게 경고한다. 득의만만 웃음 짓지 마라. 싸움은 이제부터 시작이니까. 끊임없는 분란과 논쟁이 전교조라는 고리를 통해 임기 내내 터져 나올 것이다. 그것이 정권에 유리하게 작용하기만 할 거로 생각한다면 오산이다. 당신이 들고 있는 잔은, 곧 스스로 원해서 마시는 고난의 잔이 될 것이다.

컵라면 세 개[*]

1

아들아이가 스물아홉이고 딸아이가 스물여섯이다. 첫째
는 사회에 나갔고 둘째는 졸업을 앞두고 있다.

학교에서 아이들 가르치면서 제자들 얼굴에 늘 자식들
얼굴이 겹친다. 20대 청년들이 짊어진 멍에와 너무나 쉽게
바스러지는 꿈. 그렇게 아이들의 표정에 드리워진 그늘이
무겁다.

다행히 평소 가고 싶던 회사에 들어간 아들은 취업 후부
터 집의 지원을 받지 않고 서울에서 혼자 산다. 그런데 새
해가 오면 이런저런 사정으로 사는 곳을 새로 구해야 할
판이다. 한 달 가까이 집을 알아보러 여기저기 다니는 것
같다. 압도적으로 오른 전월세 값에 지하철이 바로 통하는
2호선 주위는 일찌감치 포기. 지금은 변두리 쪽을 알아보

---

[*] 2018년 12월 11일 화요일, 태안 화력발전소의 비정규직 노동자 김용균
씨가 석탄을 공급하는 컨베이어 벨트에 끼여 숨졌다. 그 나흘 후 쓴 글
이다.

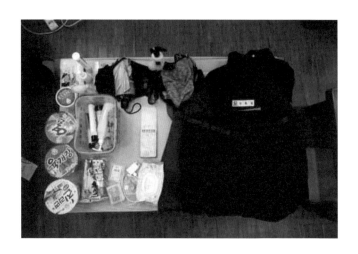

고 있단다.

거처 구하는 걸 모두 다 도와주고 싶지만, 뻔한 대학교수 월급에 마음만 타들어가는 중이다. 신입사원 봉급 받아 50만 원짜리 적금 넣고 나면 사는 게 늘 빡빡한 아들 녀석. 그래서일까 12월 11일 충남 태안 화력발전소에서 일어난 참극을 지켜보며 아비로서 나는 심정이 더욱 복잡하다.

걸신 들린 악령처럼 휘돌아가는 자본의 컨베이어벨트가 삼켜버린 스물네 살 청년 노동자 김용균의 삶. 최초 뉴스를 접한 후 여러 번 울컥했다. 그렇게 토요일 오후 기말 리포트 매기러 연구실에 나왔는데, 조금 전 올라온 뉴스 사진 하나를 보고는 마음이 부르르 떨린다.

김씨의 유품에서 그가 작업 중 늘 먹었다는 컵라면 세 개가 나온 게다. 진라면, 열라면, 육개장라면. 탄가루가 잔뜩 묻은 슬리퍼와 명찰 달린 점퍼 옆에 늘어놓은 저 보잘 것없는 먹거리들. 알 수 없는 죄책감에 마음이 오그라드는 것 같다. 아비로서 선생으로서 명색이 지식인으로서.

2

참극이 일어난 후 많은 이들이 자동적으로 2016년 5월의 구의역 참극을 떠올렸다. 지하철 스크린도어를 고치다가 달려온 전동차에 치여 세상을 떠난 열아홉 살 실습생 김 군. 그렇게 2년이 흐른 지금 우리네 세상에는 어떤 일이 일어났는가.

촛불혁명을 통해 정권이 바뀌었다. 적폐청산이 소리 높이 외쳐지고 사람이 바뀌었다. 지난 10년 극우정권 치하의 악질적 관행들이 개선되는 듯했다. 나라 전체에 개혁의 바람이 부는 것처럼 보였다. 그러나 과연 세상은 변했는가? 나는 사회의 뿌리를 구성하는 분배적 하위구조가 미동도 없음을 섬찟한 마음으로 확인한다. 겉으로 드러나는 정치적 환경 변화 시도에도 불구하고 본질적 변화가 없음을 목도한다.

새 정부 집권 후에 펜을 거의 놓았다. 보잘것없지만 문재인 정부 출범에 벽돌 하나라도 얹었다는 책임감 때문이었으리라. 그저 새 정부의 성공을 기원했다. 종이신문에서도 온라인신문에서도 SNS에서도 비판적 발언을 멈추었다.

지금도 대통령과 핵심 참모들의 선의에 대해서는 한 치의 의심이 없다. 이른바 개혁정부가 잠시도 역사적 소명을 잊지 않고 가용자원을 총동원하여 애쓰고 있음을 믿는다. 박수는 치되 비판은 삼갔던 이유가 그것이다.

　어디 역사가 한걸음에 앞으로 뛰쳐나가는가. 해방 70년을 넘기며 깊고 넓게 뿌리내린 이 나라의 기득권 구조가 얼마나 끈질긴지 잘 알고 있기 때문이었다. 이 표독한 탐욕 시스템의 저항 앞에 사자의 용기와 뱀의 지혜를 겹으로 쏟아도 태부족이기 십상임을 잘 알고 있기 때문이었다.

　하지만 하지만… 오늘 저 처연한 사진을 바라보며 나는 정수리에 찬물이 끼얹어지듯 정신이 번쩍 든다. 그저 응원의 마음으로만 있었구나. 세상의 제대로 된 변화가 저지되고 오히려 그것이 역류하고 있음에도 응시의 끈을 놓았구나. 바뀐 것이 별로 없음에도 과도한 기대에 취해 있었구나. 명색이 선생인데 그렇게 넋을 놓고 살아왔구나.

　아들 녀석보다 한참 어린 비정규직 노동자의 저 참혹한 죽음에 나의 이런 안이함이 일조를 한 것은 아닌가, 번쩍 정신이 드는 것이다. 도우려면 제대로 도와야 하는데, 침묵만이 응원이 아닌데, 싸움에서 지치고 포기하는 기색이 보이면 오히려 냉정한 격려와 비판을 해야 하는데. 그것이 진정한 동지의 책무일진대.

3

무산자의 자식으로 태어나 알몸으로 세상을 부딪쳤던 내 청춘이 그리 만만하지는 않았다. 하지만 아들아이와 딸아이와 제자들이 과연 내게 주어졌던 만큼의 최소한 사회적 성취의 기회를 얻을 수 있을까? 도저히 희망이 생기지 않는다. 땅바닥이 꺼지듯 후속세대의 발밑에서 공동체적 기반이 푹 꺼져가는 모습이 눈에 선히 보이기 때문이다.

사회경제적 최약자들에게만 잔혹한 생존 스트레스를 집중적으로 밀어붙이는 사회. 하청 및 비정규직 노동자들에게만 목숨 건 위험노동을 전가하는 약탈적 자본주의. 이 추세가 (개선의 희망조차 까마득하게) 점점 고착화되고 있는 것이다. 흐름을 바꾸려는 개혁시도가 철벽에 가로막힌 듯 힘을 잃고 있는 것이다.

신분상승의 사다리가 매몰차게 제거되고 빈곤과 직업격차가 세습처럼 반복되는 세상이, 정권교체와는 관계없이 세계적 추세와도 역진하여 확대 재생산되고 있는 것이다. 그 증거가 2년 전 구의역 참극이었고 지금 쌍둥이처럼 반복되는 태안 화력발전소 참극인 것이다.

12시간 2교대의 가혹한 노동 후에 월급 160만 원을 받아들고 기뻐했다는 청년의 죽음 앞에 나는 어찌해야 할 것인가. 피붙이가 늘 안쓰러운 것이야 어찌할 수 없는 인지상정. 그러니 아들 녀석더러 그래도 너는 낫다고 덧없는 위로를 해야 할 것인가. 그나마 나은 직장에 들어간 아들 녀석의 삶조차 범상하게 보이지 못하게 하는 이 일그러진 세상. 이런 세상을 만들었거나 최소한 저지하지 못한 세대가 바로 우리들인데.

나는 지금 마음이 두렵고 흔들린다.

비겁한 아이들

요 며칠 SNS 공간을 뜨겁게 달군 트윗(tweet) 글을 뒤늦게 읽었다. 백화점 지하주차장에서 주차 아르바이트 학생들에게 폭언한 이른바 '갑질 모녀' 사건. 그들의 요구에 굴복하여 무릎 꿇은 학생들을 "부당함에 맞설 패기도 없는 젊음"이라고 비판한 내용이다. 정작 문제는 이런 글에 대한 반응이다. "꿇으라 한다고 꿇는 놈들이 비겁한 게 맞지!"라고 글쓴이를 옹호하는 반응이 의외로 많다. 학생들을 더 크게 꾸짖는 이들까지 있다. 모두가 동의하기 힘든 반응이다.

내가 보기에 해당 트윗 글의 문제점은 두 가지다. 첫째는 가진 자 힘 있는 자가 "꿇어!"라고 횡포를 부리니 그 힘에 억눌려 아이들이 어쩔 수 없이 무릎을 꿇었다는 사실관계를 무시하고 있다는 거다. 감당하지 못할 폭력(때로는 물리적 폭력보다 더한 것이 말의 폭력이므로) 앞에 '꿇을 수밖에' 없는 게 보통 사람이기 때문이다. 가해자와 피해자가 뒤바뀐 꼴이다. 아이들을 꾸중할 일이 아니라는 것이다.

두 번째가 더 큰 문제다. "하루 일당 못 받을 각오로"라는 식으로 학생들의 일자리를 함부로 업신여기는 태도 말이다. 그것이 성인 정규직이든 대학생 주차 아르바이트든, 해당 일자리에 한 개인의 생활문제가 걸렸을지 모른다는 인식이 있다면 저렇게 쉽게 말을 내뱉을 수 있을까. 이 엄동설한에, 매연 가득한 지하공간에서 최저임금을 받고 주차 아르바이트하는 학생들이 '있는 집' 자식일 리 만무하다. 저마다 긴한 경제적 사정이 있을 게다.

그러할 때 학생들의 무릎 꿇고 안 꿇고는 결코 개인의 패기 차원으로 접근할 문제가 아니라는 것이다. 그 논리대로라면, '땅콩 부사장' 앞에 무릎 꿇은 대한항공 사무장과 저항하지 못하고 벽까지 3미터를 어깨 떠밀린 스튜어디스에게도 "패기 없는 비겁"을 물어야 했을 것이다.

그게 아니다. 이 사안은 명백히 2000년대 이후 우리나라 노동시장의 주요 특성으로 뿌리내리고 있는 '학생 저임금 노동' 나아가 '서비스 노동자의 감정노동'이라는 사회 구조적 문제로 접근해야 한다.

명백한 시스템의 문제를 개인적 인성의 문제로 치환시키는 이러한 사고방식(혹은 가짜 양비론)은 매우 위험하다. 가해자 혹은 사회적 강자의 책임을 덮고, 중립화하고, 희석하기 때문이다. 부당한 회항 지시를 거부하지 못한 기장의 '비겁함'을 통탄하는 한 일간지의 논리와 샴쌍둥이인 게다.

이런 논리들이 스스로 위엄 서린 멘토의 옷을 입는 세상은 뭔가 잘못된 세상이다. 앞과 뒤가 뒤집혔기 때문이다.

'아프니까 청춘'이라는 사탕발림이 장안의 지가를 올린 시절이 있었다. 그것도 모자라서 이제는 호통의 모습을 빌려 질책하는가? 입장을 바꿔 생각해볼 것을 권한다. 당사자인 학생들이 그 트윗 글을 읽는 순간 어떤 생각이 들었을까. 앞으로 비겁을 떨치고 용감하게 살아야겠다 뼈저린 반성을 했을까? 아니면 늘 진보적 입장에 서 있는 유명인사까지 이런 생각을 가졌음을 확인하는 순간, 혹시 자기들이 무릎 꿇은 시멘트 바닥보다 세상이 더 차갑다고 느끼지는 않았을까.

그러므로 애초에 패기니 비굴이니 하는 단어를 입에 담아서는 안 되었다. 그보다는 아이들에게 "꿇어!"라고 진상을 떨고, 아이들이 그렇게 억지로 무릎 꿇을 수밖에 없는 이런 세상을 만든 책임감을 먼저 토로했어야 한다. 그것이 자식 키우는 어미 아비로서 정상적인 생각이다. 그렇게 가슴이 아파야 제대로 된 어른이라고, 나는 믿는다.

지금 중요한 것은 검찰개혁이다*

경북대 법학전문대학원 김두식 교수는 대한민국 검찰과 법원 구성원들이 구축한 무소불위의 기득권 체제를 '불멸의 신성가족(神聖家族)'**이라고 이름 붙였다. 세상 그 어느 누구도 자기들을 건드리지 못한다는 뜻이다.

이 썩어 문드러진 체제의 핵심에 검찰이 지닌 터무니없는 수사권, 기소권 독점이 놓여 있다. 기소독점주의, 기소편의주의, 공소취소권, 수사지휘권, 수사종결권, 자체수사력 보유, 체포구속장소 감찰권, 체포구속피의자 석방지휘권, 압수물 처분 시 지휘권 등 언뜻 떠올려봐도 숨이 가쁘다.

---

* 이 초고를 바탕으로 2019년 9월 21일, 7,000여 명의 국내외 교수·연구자들이 참여한 「시급한 검찰개혁을 촉구하는 국내 및 해외 교수, 연구자 시국선언」이 작성되었다.
** 그의 책 제목이기도 한 이 문구는 필시, 마르크스와 엥겔스가 1845년 공저한 『신성 가족, 혹은 비판적 비판에 대한 비판: 브루노 바우어와 그 일파에 반대하여(Die heilige Familie, oder Kritik der kritischen Kritik. Gegen Bruno Bauer & Consorten)』에서 빌려왔을 것이다.

대한민국 검찰은 사건 발생 시점부터 형 집행 시점에 이르기까지 모든 형사절차를 독점한 채 칼을 휘두르는 세계 유일의 슈퍼 울트라 권력집단인 것이다. 왜곡된 분배구조와 쌍을 이루는 이 거대한 기형적 시스템이 무너지지 않고서는, 이 땅에서 진정한 제도적 민주주의 실현은 공염불이라고 나는 믿는다.

조국은 그러한 역사적 과업의 도구로 선택된 것이다. 장관 임명 전에 그가 모든 굴레를 털고 자연인으로 돌아가고 싶다는 생각을 한 번도 안 했으리라 생각하는가? 온 가족의 삶이 망가지고 스스로 살아온 인생의 모든 순수성이 박살 났음에도 불구하고, 조국 자신이 이미 그 운명을 감내하기로 결심했다고 나는 믿는다.

그러므로 지금 중요한 것은 조국이 아니라 검찰개혁이다. (그 뒤에 숨어 있는) 기실 이번 사태의 가장 중요한 폭발 지점인 공수처 설립이다. 이것보다 더 시급하고 결정적인 판단기준은 없다는 것이 내 생각이다.

과두 기득권 동맹의 정체

1

'검찰' 이 두 글자를 둘러싸고 나라 전체가 격통을 앓고 있다. 워낙 에너지 소모가 많다 보니 이제 검찰개혁 이야기 그만하자는 분들이 적지 않다. 소위 개혁 피로감이다. 윤석열 거취를 둘러싼 충돌이 블랙홀처럼 여타 핵심적 사회적 의제에 대한 주목을 빨아들이고 있다는 지적도 크다.

(교수연구자들끼리 모여 시국선언 발표하고 기자회견 하면서 치열하게 싸우다 보니) 그런 연장 선상에서 검찰개혁이 지금 뭐가 그리 중요하냐고 묻는다. 분배구조개혁, 노동개혁, 언론개혁, 종교개혁 등 우리 사회가 당면한 시급한 과제가 얼마나 많은데 아직도 검찰개혁에 매달리느냐고, 사람들이 질문을 던진다.

내가 생각하는, 2020년 현재 한국사회에서 검찰개혁이 관건적 중요성을 차지하는 이유는 다음과 같다.

검찰은 단순히 법조 생태계를 구성하는 기득권 체제의 일개 구성요소가 아니기 때문이다. 우리나라 검찰은 일제

식민과 해방을 거쳐 1세기 이상 구축된 남한 기득권의 중추적이며 정예화된 결집체인 것이다. 나아가 한국사회의 정치, 경제, 사회 과두 지배체제를 유지하는 전략적 핵심고리이기 때문이다.

2

그러한 핵심 링크(link)로서 검찰권력이 무너져야 기득권 동맹의 붕괴가 시작된다고 확신한다. 철옹성 같은 그들의 댐을 허무는 첫 번째 균열구멍, 그것이 바로 검찰개혁인 것이다.

지난 1년간 진행된 검찰개혁 국면에서 극우정당, 보수언론, 근본주의 기독교의 삼각 편대가 왜 그렇게 패악을 부렸겠는가? 그들은 순망치한(脣亡齒寒)의 위기감을 느낀 것이다. 검찰 기득권이 무너지면 기득권 언론이 무너진다. 신을 팔아 탐욕을 추구하는 극우 종교집단이 무너지기 시작한다. 수구 정당의 발밑이 무너진다. 거시적으로 경제기득권의 부정의가 무너진다.

검찰개혁이 단순한 사법정의 실현을 넘어 분배구조개혁, 언론개혁, 종교개혁 등 한국사회 대개혁을 이끄는 도화선이 될 것이라는 주장이 바로 여기에서 나온다.

3

이 나라에서 가장 힘이 센 것은 '돈'을 무기로 세상을 장악하고 휘두르는 자본권력이기 때문이다. 자본의 그 같은 막강한 권력행사를 제도적으로 뒷받침하는 관료집단이기 때문이다. 환경 감시견(watch dog)역할을 스스로 포기하고 기득권의 애완견이 된 보수언론이기 때문이다.

그리고 그러한 과두 기득권 동맹의 핵심 당사자이자 합법적 안전장치로 작동해온 집단, 검찰이기 때문이다.

해방 이후 75년 동안 혁명을 부르짖고 개혁을 부르짖는 지식인들의 목소리가 높았다. 하지만 4·19혁명과 6월항쟁을 거치면서도 위에서 열거한 남한사회 핵심 기득권에 대한 본원적 혁파를 단 한 번이라도 제대로 해낸 적이 있는가? 이왕 시작했으니 검찰개혁 하나부터라도 뿌리를 뽑고 넘어가자고 호소하는 이유가 여기에 있다.

그래야 우리 앞에 산처럼 남아 있는 더 크고 중요한 개혁과제들에 대한 자신감과 도전의지가 생긴다고 나는 믿는다.

마크 헌트의 품위*

1

무하마드 알리를 좋아했다. 나비처럼 날아서 벌처럼 쏘는 화려한 스텝. 빠르면서도 무거운 펀치. 베트남전 징집을 거부한 날선 반골정신이 좋았다. 하지만 그의 모습 가운데 내가 싫어하는 장면도 있었다. 1964년 2월 세계 챔피언 소니 리스턴에게 도전하여 케이오승을 거둔 순간이었다. 그는 바닥에 쓰러진 리스턴을 내려다보며 이렇게 소리쳤다. "내가 가장 위대해!(I am the Greatest!)."

20대의 객기요 프로선수 특유의 쇼맨십이었으리라. 그렇게 애써 이해하면서도 나는 이 장면을 떠올릴 때마다 기분이 씁쓸했다. 자신과 싸우다 쓰러진 상대에게 침을 뱉는 인간을 세상에서 제일 경멸하기 때문이다.

---

* 2019년 10월, 조국 전 법무부 장관이 사퇴했던 시점에 쓴 글이다.

2

조국 법무부장관이 퇴임한 날 저녁 친구 하나와 관계를 끊었다. 이른바 진보적 스탠스 아래 오랫동안 조국의 도덕성을 비판하던 사람이었다. 생각이 다르고 관점이 다르니 어찌하겠는가. 노동문제, 정치문제 등에서 판단의 지점이 상이한 것을 그저 물끄러미 지켜보아왔다. 그런데 그날 저녁 우연히 그의 SNS에서 다음과 같은 문장을 보았다.

그렇게 미워하던 조국이 사퇴했으니 (나한테) 밤길을 조심하라는 말을 누가 할 것 같다, 운운의.

'야비'라는 두 글자가 떠올랐다. 어떤 이는 그의 표현이 비아냥이 아니라 푸념이라고 했다. 백보를 양보해서 그렇다 치자. 하지만 그날이 어떤 날인가? 아무리 입장이 달랐다 해도, 자신의 온몸을 던져 거대한 구조악에 부딪혔던 한 사람이 모든 것을 내려놓고 물러나는 순간 아닌가? 스스로가 대의를 위한 마음으로 열심히 싸웠다고 믿는다면, 최소한 상대에 대해서도 그러한 예의를 차려야 하지 않겠는가.

찬사를 보내지는 않아도 좋다. 지난 두 달 동안 검찰과 언론의 끝없는 마녀사냥에 만신창이가 되어 퇴장하는 상대다. 그런 사람을 향해 고작 하루도 지나지 않아 그리도 입이 간질거리는가?

3

아침에 《경향신문》을 펼치니 모 의대 교수라는 사람이 「SNS 함정에 빠진 조국의 아름답지 못한 퇴장」이란 칼럼을 썼다. 모든 문장이 치졸한 조롱과 모욕으로 가득하다. 그는 이렇게 썼다.

"한때 우리가 믿고 따른 지식인이었던 분이 이렇게 몰락한 이유는 그가 SNS 중독자라는 점과 무관하지 않다"라고. 조국 장관의 '퇴임'이 SNS 때문이라는 것은 팩트 자체가 아니다. 그저 스스로 악의를 날것으로 드러내는 악질적 마타도어에 불과하다. 비유법이었다 말하고 싶다고? 천만의 말씀이다. '선천성 비아냥 중독자'의 변명일 뿐이다. 아무리 비꼬아 글을 잘 쓰면 뭣하나. 세상을 바라보는 눈길이 오뉴월 동태의 그것처럼 썩어 있는데. 인간에 대한 기본적 예의 자체가 증발해 있는데.

초등학생 꼬마조차도 그렇다. 싸울 때는 코피가 터지도록 싸우지만, 승부가 끝나면 잘 싸웠다고 상대를 인정해준다. 때로는 친구가 된다. 그러하니 인간에 대한 예의에 있어 항차 초등학생보다 못한 자들이 자칭 타칭 논객으로 언론지상을 누비고 다닌다. 참으로 비루한 세상이 아닐 수 없다.

4

권투로 시작했으니 격투기 이야기로 끝내자. 내가 제일 좋아하는 격투기 선수는 마오리 핏줄의 뉴질랜드인 강 펀처 마크 헌트다. 이 남자는 펀치가 들어가서 상대가 그로기 상태에 빠지면 후속타를 안 때리고 쿨하게 돌아서는 것으로 유명하다. 가히 격투가의 품위라 부를 만하다.

성장과정에서 자기 아버지가 자식들에게 무자비한 폭력을 행사했다고 한다. 그렇게 기절했는데도 형에게 구타를 멈추지 않는 모습이 뼈에 사무쳤다 한다. 이후 무슨 일이 있어도 쓰러진 상대에게 펀치를 날리는 짓을 결코 하지 않겠다고 맹세를 한 것이다.

세상과 역사에 대한 소신을 버리지 않았다는 죄목으로 자신과 가족의 온 생을 난도질당한 남자. 피투성이가 된 채로 가족을 지키러 돌아서는 그의 등 뒤에 칼질하는(인간에 대한 존중심이 애초에 존재하지 않는 극우언론과 정치인들은 접어두고) 사람들에게 말하고 싶다.

그러지 말라고.

마크 헌트는 되지 못해도 최소한 초등학생 정도만큼은 사람이 되라고. 시절이 아무리 하 수상해도, 고결한 인간은 늘 고결하고 비루한 인간은 늘 비루한 법이다.

지조(志操)라는 것에 대하여

1

2020년 12월 1일 아침 서초동 대검찰청 앞에서 (정식 회원만 1,200명을 넘는) 국내외 개혁 교수연구자 모임 '사회대개혁지식네트워크' 시국선언 발표 및 기자회견이 열렸다. 그런데 신문방송을 포함하여 이른바 메이저 언론이라 불리는 곳에서는 단 한 군데도 이를 보도하지 않았다.

《경향신문》은 사진 캡션으로 간단한 코멘트를, 《한겨레》는 아예 보도를 생략했다. 다만 《경기신문》을 비롯한 몇몇 지방 언론과 인터넷 신문에서 상세한 내용 담은 뉴스를 내보냈을 뿐이다.

2

어제 서울대학교 사범대학 교수 한 명이 이름도 안 밝힌 나머지 9명과 함께 '서울대 교수 성명서'라는 걸 발표했다. 이 문건을 '서울대교수 시국선언'이라 불러도 좋다면서(낯짝도 두껍다). 검찰개혁의 거시적 진행을 반대하고 특히 현재 일어나는 검찰의 집단저항을 옹호하는 내용이다.

이 대학은 전임교수만 2,000명이 넘는다. 비정규직 교수까지 하면 교수 숫자가 5,000명 가까이 된다. 그런데 전임교수 가운데 고작 0.5퍼센트(비정규직 교수 포함 기준으로는 0.2퍼센트)가 참여한 이 성명서에 대하여, 조중동은 물론 《경향신문》과 《한겨레》, 지상파 방송을 포함한 국내 모든 메이저 언론이 '서울대 교수 시국선언'이란 제목으로 대대적 보도를 했다. 심지어 《동아일보》는 이 10명의 성명서에 대하여 "이번 사태와 관련해 교수사회에서 나온 첫 시국선언"이란 새빨간 거짓말을 늘어놓기까지 했다.

이 두 가지 장면이야말로, 우리나라 미디어 생태계의 현실을 섬뜩할 정도로 적나라하게 드러내는 스틸 컷이다. 언필칭 진보적 신문을 포함하여 대한민국 주류 언론이 얼마나 뻔뻔스럽고 '기득권 지향적'인지를 여실히 증명하는 것이라고 나는 생각한다.

3

교수들은 원래 다른 대학 이야기를 잘 안 한다. 같은 교수들 보고도 뭐라 하는 게 일종의 금기다. 좋게 말해 동료의식이고 건조하게 말해 동업자의식 때문일 게다. 그럼에도 불구하고 명색이 한국 최고 대학이라는 서울대 선생님들께 감히 여쭈어본다.

검찰개혁 이슈는 최근 1년 이상 온 나라를 뒤흔들고 있는 역사적 사건이다. 총 합계 10명이 참여한, 그것도 단 1명만 자기 실명 밝힌 소위 '서울대 시국선언'을 보고 어떤 생각이 드시는가?

지켜보는 내가 그저 민망하다.

누가 예수를 죽였는가?

1

몇 해 전에 〈예수의 고난(The Passion Of The Christ)〉이
란 종교영화가 상영된 적이 있었다. 십자가에 달리기 전,
12시간 동안 예수 그리스도가 받은 고난을 적나라할 만큼
생생하게 묘사해서 일대 충격파를 던진 작품이었다.

멜 깁슨이란 영화배우 출신 감독이 만든 이 영화는 전
세계적으로 선풍적 인기와 화제를 불러일으켰다. 하지만
사회문화적 관점에서 특이한 현상이 하나 있었다. 미국을
중심으로 한 전 세계의 유대인들이 극렬하게 이 영화를 비
판했다는 점이다.

그 이유가 무엇이었던가? 오랫동안 애를 써서 선의적 이
미지로 포장한, 감추고만 싶던 유대 민족의 어떤 정체를
이 영화가 여지없이 폭로했기 때문이다. 로스차일드로 대
표되는 영미 거대 금융자본은 물론이거니와, 할리우드가
유대계 손아귀에 장악되었다는 사실을 아는 사람은 다 안
다. 제작자, 감독, 영화배우 등 수많은 실력자들이 유대인

들이다. 〈영광의 탈출〉이니 〈쉰들러 리스트〉와 같은 나치에 의한 유대인 학살 영화가 끊임없이 제작되고 방영되는 이유가 여기에 있다.

많은 사람이 이들 할리우드 영화의 영향을 받아 유대인들은 홀로코스트로 상징되는 역사의 희생자일 뿐이요, 핍박을 견뎌내고 마침내 응당 천부적 권리를 되찾아 본향으로 귀환한 괜찮은 민족이란 이미지를 가지고 있다(특히 극단 개신교의 세례를 크게 받은 한국 사람들이 그렇다).

과연 그러한가. 총독 빌라도는 내심 예수를 풀어주려 했다고 기록되었다. 예수 대신 강도 바라빠를 대신 내어주면 어떨지 제안했다가 거절당한 빌라도는, 예수를 죽이라는 유대 군중의 집요한 요구에 이렇게 답하면서 손을 씻었다 한다.

"도대체 그 사람의 잘못이 무엇이냐… 너희가 맡아서 처리하여라. 나는 이 사람의 피에 대해서 책임이 없다."

마태복음을 펼쳐보니 이때 모여든 유대 군중이 다음과 같이 무서운 맹세를 하고 있다.

"그 사람의 피에 대한 책임은 우리와 우리 자손들이 지겠습니다."

누가 예수를 죽였는가? 바로 이 유대인들인 것이다. 사정이 그러하니 이 같은 자기들 정체를 송두리째 폭로하는 영화에 마음이 편할 리 없었던 것이다.

2

그리고 이 겨울, 이스라엘은 전 세계 양심세력의 부릅뜬 눈앞에서 하마스의 정치적 기반을 무너뜨리기 위해 고성능 폭격기와 탱크와 총탄으로 가자지구를 초토화하고 있다. 1월 6일에는 유엔학교에 포격을 퍼부어 일시에 무려 40여 명을 죽이기도 했다. 강도가 어린아이 손 비틀듯 무방비의 민간인을 무차별 학살하고 있는 것이다.

하루가 멀다 하고 외신에 등장하는 팔레스타인 어린이들의 처참한 시신을 보면서 내 입에서는 저절로 "오, 하느님!"이란 비명이 터져 나온다. 2차 대전 종전 이후 반세기 이상 골수까지 쪽쪽 빨며 '유대인 대학살'을 우려먹은 이스라엘이다. 바로 그들이, 마치 영사기를 되돌리듯 스스로 경험한 지옥의 악몽을 다른 민족에게 되돌리는 것이다.

인간을 그토록 사랑했기에 자기 목숨까지 바친 예수가 평생을 두고 결코 용서하지도 타협하지도 않은 족속들이 있는 것으로 안다. 바로 율법학자와 바리새인들이다. 소위 골수 유대인들이다. 그리고 이들의 혈통을 이어받은 자들이, 민간인에게 대포를 쏘고, 아이들을 학살하고, 압도적 무력으로 지금 가자지구를 초토화시키는 자들이다.

예수 당대의 골수 유대인들이 누구였던가? 율법 지키는 것을 목숨으로 알고, 세상에서 자기만이 가장 도덕적이라 믿고 자기만이 올바로 하느님을 알고 따른다고 확신했던 사람들이다. 스스로 지극히 선(善)함으로 다른 영혼을 숨막히게 하고 자기와 다른 믿음, 자기와 다른 삶, 자기와 다른 평화를 가졌다는 이유 하나로 스스럼없이 말과 행동의 폭력을 가했던 족속들이다.

마태복음을 보면 예수는 23장 거의 전부를 통틀어 이들에게 저주를 퍼붓고 계신다.

"율법학자들과 바리사이파 사람들아. 너희 같은 위선자들은 화를 입을 것이다. … 이 뱀 같은 자들아. 독사의 족속들아! 너희가 어찌 지옥의 형벌을 피하랴? 나는 예언자들과 현인들과 학자들을 너희에게 보내겠다. 그러나 너희는 그들을 더러는 죽이고 더러는 십자가에 매달고 또 더러는 회당에서 채찍질하며 이 동네 저 동네로 잡으러 다닐 것이다."

원수를 사랑하고 한쪽 뺨을 때린 자에게 다른 뺨까지 내주라 말씀하신 사람이 예수였다. 33년 전 생애를 걸쳐 행하셨던 평화와 용서와 화해의 행적에 비춰보면 도저히 그의 입에서 나올 수 없는 처절한 저주다. 왜 예수는 그들을 용서할 수 없었을까. 왜 그처럼 분노하셨을까?

그것은 이들 골수 유대인들이 예수 자신을 조롱하고 침 뱉고 채찍질하고 마침내 십자가에 못 박아 죽일 존재들임을 잘 알고 계셨기 때문일 것이다. 홀로 거룩하며 홀로 선하고 홀로 옳으므로 서슴없이 타인을 핍박하는 이 자들이 바로 자신의 원수이며, 또한 앞으로 부활할 자신에 대한 끊임없는 원수가 될 존재임을 예수 스스로 너무나 잘 알고 계셨기 때문일 것이다.

3

역설적이게도, 나는 오늘 이 같은 '골수 유대인'들의 모습을 이 땅에서 자주, 그리고 숱하게 본다. 하늘을 향해 수십 미터 십자가 첨탑을 세우고, (생명은 죽고 붉게 녹슨 뼈다귀만 남은 십자가의 허망함이여) 시청 광장에서 성조기를 흔들며 찬송가 부르고, 그러면서도 오직 성경말씀대로만 산다고 자부하는 사람들.

스스로를 죄 없는 하느님의 아들딸로 자랑스러워하고, 곧 임하실 나라에서 자기만이 영생을 얻을 것이며 자기와 다른 주장, 다른 안식을 향해 온갖 저주와 경멸을 퍼붓는 소위 '믿는 자'들이 이 땅에는 너무나 많은 것이다.

곰곰이 눈을 감고 묵상해본다. 오늘 한국 땅에 다시 예수가 오신다면 (밤이면 여관 네온사인만큼이나 많이 켜진 붉은 십자가 네온사인 아래서) 오 주여, 오 주여! 소리 높여 외치며 자기만이 성경 말씀대로 사는 자들이니 자기와 자기 혈족을 영화롭게 해달라고 간구하는 이 족속들을 향해 무어라 말씀하실까를.

뼛속 깊이까지 선민사상에 물들어 있으니, 율법이 아니고 성경이 아니면 오로지 이단으로 저주받아야 한다고 강변하는 이들 현대판 골수 유대인들에게 예수가 무슨 말씀을 하실까를. 과연 아흔아홉 마리 양과 길 잃은 한 마리 양의 비유를 들면서 끝없는 용서와 격려를 보내실 것인가?

나는 아니라고 생각한다. 왜냐하면 이들은 새로 오신 예수의 모습을 발견하자마자 2,000년 전에 그랬듯이 이를 갈며 "그 사람의 피에 대한 책임은 우리와 우리 자손들이 지겠습니다"라고 외치며 예수를 다시 십자가에 못 박을 자들이므로. 십자가에 몸소 못 박힌 예수가 누구보다 그들의 정체를 잘 알고 계실 것이므로.

베드로가 형제의 잘못을 몇 번이나 용서해주어야 하는

가 물었을 때, 일곱 번이면 되겠냐고 물었을 때, 예수는 "일곱 번뿐 아니라 일곱 번씩 일흔 번이라도 용서해주어라"고 말씀하셨다. 그럼에도 그는 바리새인들과 사두가이파와 율법학자들만은 결코 용서해주고 싶은 마음이 없었던 것 같다. 그들은 길 잃은 어린 양이 아니었기 때문이다. 바로 그들이 예수를 죽인 자들이기 때문이다.

갓 구운 신문의 추억

1

1999년에 부산에 왔다. 오랫동안 집에서 《한겨레》와 《경향신문》 두 가지를 구독했다. 종이신문의 전성기이기도 했지만 일종의 의무감이 컸다. 부산하고도 해운대에는 두 신문의 독립지국이 없었다. 《동아일보》 지국에서인가 위탁 배달을 했다.

밀림처럼 고층 아파트가 빽빽한 해운대 신시가지에서 《한겨레》나 《경향신문》 받아보는 집이 100곳도 안 된다는 한탄 같은 한숨을 (일찌감치 안면을 튼) 지국장한테서 들었다. 그러거나 말거나 나는, 아침마다 앞서거니 뒤서거니 두 신문을 펼치면 훅 풍겨오는 잉크냄새가 좋았다.

물론 더 좋은 건 예기(銳氣)로 번쩍이는 헤드라인과 지사적 풍모가 물씬한 칼럼을 차근차근 읽어나가는 일이었다. 대학교수가 비교적 자유로운 게 출근시간이다. 그렇게 술렁술렁 신문을 넘기는 것이 하루를 여는 나의 즐거움이었다.

이제 그런 시대는 갔다. 신문산업을 둘러싼 미디어 생태계가 눈이 휙휙 돌 정도의 속도로 급변했다. 종이신문의 퇴조는 되돌이킬 수 없는 운명이 되었다. 하지만 무엇보다 쓸쓸하고 아픈 것은 두 신문의 성격 자체가 크게 변질했다는 게다.

몇 년 전에《한겨레》를 절독했다. 그리고 작년 가을에는 결국《경향신문》까지 끊었다. 명실상부 진보언론을 대표하는 두 신문에서 풍기는, 상해가는 생선 냄새 같은 비릿함을 더 이상 감내할 수 없었기 때문이다. 그래서 요즘 집에 배달되는 종이매체는 주간《가톨릭신문》과《시사인》뿐이다.

2

《한겨레》와《경향신문》이 변질된 징표는 두 신문사 내부의 선후배 질서가 무너지는 것에서 가장 뚜렷하다. 심층보도를 위한 구성원 조직력이 다른 어느 매체보다 긴요한 것이 신문 미디어의 특성. 끈끈한 의리와 도제식 실무 습득 시스템이야말로, 16세기 초엽 유럽에서 태동한 이 미디어를 '언론의 제왕'으로 만든 원초적 힘이었다.

그런 '건강한 위계'가 먼저 허물어진 것은《경향신문》이었다. 사원주주제라는 자본구성 특성에 더해 주인 없는 신문이란 환경이 와해를 가속화했다. 이 신문의 데스크급 기자와 이야기를 나눈 적이 있었다. 전해 들은 실상은 상상을 뛰어넘었다. 신문사 내 세대갈등과 가치관 충돌이 도를 넘었다는 게다. 위도 아래도 없어지고 선배도 후배도 없이 갈래갈래 찢어진 양상으로 내게는 이해되었다. 이른바 자정기능을 상실한 게다.

상대적으로 선후배 관계 전통이 남아 있는 《한겨레》의 경우도 구성원 갈등이 심각한 것은 마찬가지다. 올해 초 《한겨레》 내부 게시판에 올라온 「젊은 기자들의 성찰을 바랍니다」라는 제목의 글이 그것이다. 내부자적 관점에서 이 신문의 현재적 상태를 배를 가르고 내장을 보여주듯 선연히 드러낸 증거였다.

글을 쓴 이는 예를 들어 "검찰개혁의 해석과 방향성"을 둘러싸고 데스크와 편집위원회의 리더십을 공격하는 회사 내 젊은 후배들의 태도를 지적했다. 조직 내 세대갈등이 얼마나 심각한지를 드러내는 핵심적 대목을 하나만 옮기면 이렇다.

"《한겨레》는 보수보다 진보의 가치를 더 중시하는 진보 성향의 매체입니다. 여러분이 가치와 방향에 대해서도 공정한 잣대를 들이대고 싶다면 《한겨레》에서 일하기보다 《한국일보》처럼 중도적인 성향의 매체로 옮기기를 권합니다."

3

나는 양대 신문사 내부의 이 같은 가치관 충돌이, 결국 지금 두 신문의 퇴락과 변질에 핵심적 영향을 미치고 있다고 판단한다. 그렇다면 왜 진보언론사 내부에서 이런 갈등이 이른바 조·중·동에 비해 더욱 격심하고 표면적으로 터져 나오는가. 여러 이유가 있겠다.

그중에서 가장 핵심적 비중을 차지하는 것이 '젊은' 기자들의 시대적, 계급적 배경이라고 생각한다. "조·중·동 떨어지면 《한겨레》와 《경향신문》 간다"는 비아냥이 그냥 비아냥이 아닐 수 있다는 말이다. 이들의 세계관 자체가 기존 진보언론들이 지녀왔던 내재적 틀과 충돌하는 것이다.

앞서의 데스크급 기자가 들려준 충격적 일화가 잊히지 않기 때문이다. 자기 휘하의 '나름 잘나가는' 젊은 기자가 언론사 기자를 꿈꾸는 고등학생들을 만났다는 게다. 순수한 눈망울 반짝이며 "어떻게 하면 큰 신문방송의 기자가 될 수 있나요?"라고 묻는 아이들의 질문에 해당 기자가 이렇게 답했다는 거다.

"고등학교 졸업하고 무슨 수를 써서든 스카이(SKY)에 들어가는 게 중요하다"라고.

한편으로 생각하면, 세상의 변혁을 꿈꾸는 학생운동이 퇴조하고 돈과 권력의 성공 신화가 캠퍼스를 휩쓴 지 얼마나 오래되었던가. 세상의 기초가 환골탈태 속물화되었는데 그 젊은 기자를 어찌 무조건 욕할 수만 있겠는가 이 말이다.

그러나 부인할 수 없는 분명한 사실이 있다. 주요 언론사기자를 목표하는 학생들이 세상의 심층과 구조적 문제에 대한 치열하고 전생적인 고민을 일찌감치 포기하고 있다는 것. 그런 비판의식과 투신적(投身的) 사명감을 버리는 대신에 기능적이고 도구적인 지식을 익히는 데 공부 시간을 온통 소비하고 있다는 것.

의과대학과 로스쿨 정원을 강남 3구 출신들이 차곡차곡 채워간다는 말이 있다. 계층상승의 사다리가 끊기고 부와 직업의 세습적 대물림이 본격화되고 있다. 이런 사회구조적 귀결이 언론사 기자 수급에서도 서서히 재현되고 있는 것은 아닌가 하는 게다. 그 같은 인과관계를 누가 확고히 부인할 수 있겠는가.

4

이쯤 왔으니 솔직한 내 마음을 밝히고 싶다. 나는 집에 배달되는 종교 신문과 시사주간지만으로는 진보적 뉴스에 대한 갈증을 채우기가 어렵다. 그래서 하루라도 빨리 《한겨레》와 《경향신문》이 이른 아침 '투둑!' 하는 소리와 함께 현관문 앞에 떨어지는 소리를 다시 듣고 싶다. 그 강건하고 신선한 '갓 구운' 신문의 냄새를 맡고 싶다.

하지만 어찌하련가. 죽을 때까지 그런 날은 영영 오지 못할지도 모른다는 불길한 예감이 나의 곁을 유령처럼 떠돌고 있으니.

천천히 또박또박 살아갈 일이다.
넉넉히 지켜보고 기다리면서
종이 위의 잉크가 마르기를 기다리는 것처럼

사람을 기다릴 일이다

6장

살았고 싸웠고 죽어간 이들을 위해

마르크스 무덤을 찾다

런던에서는 기상예보가 쓸모없다. 아침마다 인터넷으로 '오늘 날씨'를 확인하고 나오지만 예보가 맞는 경우는 절반도 안 된다. 올여름은 특히 예상 밖의 비가 많다. 7월 말에는 잉글랜드 남부에 엄청난 폭우가 내려 홍수 사태가 일어났다. 런던에도 이틀 걸러 한 번씩 비가 내린다. 하지만 오늘은 눈이 쨍할 정도로 하늘이 맑다. 바람결에서 더위가 살짝 느껴질 정도다. 이례적인 날씨다.

마르크스 무덤을 찾아가는 가장 빠른 길은 지하철을 이용하는 것. 인터넷 블로그를 통해 미리 하이게이트(highgate cemetery) 묘지 위치를 파악해두었다. 런던 지하철 노든라인(nothern line)의 하이 바넷(high barnet)지선을 타고 올라가면 2존과 3존 경계에 아치웨이(archway) 역이 있다. 역에서 나와 언덕을 쭉 걸어 올라가면 묘지가 나온단다.

엘리베이터를 타고 지하철 역사를 빠져나온다. 동서남북을 헤아려본 다음 언덕길을 오르기 시작한다. 길이 가파르다. 몇 분 안 가서 땀이 흐르기 시작한다. 10분가량 걸어

올라갔는데도 도무지 묘지 비슷한 곳이 보이지를 않는다. 안 되겠다 싶어 길 가는 할머니한테 위치를 다시 물어본다. 그랬더니 거꾸로 언덕을 200미터쯤 내려가서 공원을 관통해야 하이게이트 공동묘지가 나온다는 거다. 오리가 연못에서 꽥꽥거리고 동네 어른들이 벤치에서 책을 읽는 공원을 한참 걸어 나오니 차가 다니는 2차선 도로가 나온다.

묘지는 그 도로를 중심으로 동서 두 구역으로 나눠지는데 마르크스 무덤은 그중 동편 묘지(east cemetery)에 있다. 묘지문을 들어서자마자 왼쪽의 안내소에서 늙수그레한 여자분이 나온다. 2파운드의 입장료가 있다는 거다. 엽서까지 두어 장 산 후 묘소 위치를 물으니 안내소를 지나 그냥 계속 내려가란다.

10·26과 5·18을 겪으며 20대를 통과한 우리 세대에게 이 유대 혈통 혁명가 이름은 마음에 새겨진 하나의 화인이었다. 세상에서 살아남기 위해 헉헉댄 대부분 시간 동안은 아득한 옛사랑의 그림자 같은 것이었고. 그러므로 런던을 찾아와서 마르크스를 만나러 가는 발길은, 아픔이라고도 서글픔이라고도 할 수 없는 복잡하고도 뒤엉킨 감정을 내게 던지는 것이었다. 오래전 세상 떠난 친구 무덤에 꽃 들고 찾아가는 심정이 이럴까.

마르크스 묘소는 비스듬히 경사진 길을 따라 정문에서 약 100여 미터 내려간 공원 동쪽 구석에 자리잡고 있었다.

사람 키를 훌쩍 넘는 거창한 대리석 좌대 위에 마르크스의 청동 두상이 놓여 있다. 좌대 위쪽으로 『공산당 선언』에서 나온 그 유명한 구절인 "만국의 노동자여 단결하라(workers of all lands unite)"가 금박을 입힌 채 음각되어 있다.

아래쪽에는 『독일 이데올로기』에서 인용한 "철학자들은 단지 세상을 이모저모로 해석해왔을 뿐이다. 그러나 중요한 것은 세상을 바꾸는 일이다(The philosophers have only interpreted the world, in various ways; the point is to change it)"라는 문장이 동일한 글씨체로 새겨져 있다.

이 무덤은 마르크스 혼자만의 것이 아니다. 그의 아내 예니, 셋째 딸 엘리노어, 하녀 헬레네 데무트 등 6명이 묻혀 있는 일종의 가족 묘지다. 묘비는 상상했던 것보다 훨씬 크다. 좌대와 두상까지 합한 전체 높이가 3미터에 육박한다. 마르크스가 생전에 자기 묘비가 이렇게 거창하기를 바랐을까. 좀 더 소박하고 담백했으면 좋았을 텐데라는 생각이 들었다.

묘비 뒤쪽으로 돌아가본다. 문득 고개를 드니 청동 두상의 왼쪽 귀 아래에 거미줄이 두 개나 쳐져 있는 것이 보인다. 장대하고 화려한 묘비와 그 위에 쳐진 거미줄. 우연히 마주친 이 장면이 내 기억 속에 영화의 한 컷처럼 박혀 있다. 지난 1세기 동안 마르크스 사상이 미친 세계사적 영향력과 그것에 침을 뱉듯 뒤이은 현실사회주의 몰락에 대한 선명한 상징으로 말이다. 안타까운 마음에 거미줄을 떼어 내 주고 싶었지만, 내 손이 닿지 않는 높은 곳이다.

묘비 앞에는 흩어진 꽃잎들과 붉게 타오르는 장미꽃다 발 하나가 놓여 있다. 사람들의 발길이 끊임없이 이어진다 는 증거이리라. 앞서 와서 서성이던 두 남자는 독일 말을 쓰고 있다. 나보다 10분 정도 늦게 묘비를 찾아온 50대 초 반의 여성은 핀란드에서 왔다고 한다. 그녀에게 사진 한 장 찍어달라 부탁한 후 묘비 옆에 섰다.

일주일 전 길거리에서 디지털카메라를 소매치기당한 뒤 라 일회용 필름 카메라로 찍었다. 동방에서 온 나그네의 모습이 마르크스 얼굴 옆에서 수십만 번째일까 수백만 번 째일까, 기록되었다. 묘지에서 보낸 시간은 1시간 정도. 사 진 몇 장을 찍었을 뿐 대부분 시간은 마르크스 묘소 주위 를 걸어 다니면서 다른 이들의 묘비명을 읽었다.

오랜 기대 혹은 예측과 달리 마르크스 무덤을 보는 내 마음은 담담했다. 오히려 감동을 준 것은 그의 무덤을 둘 러싸고 묻혀 있는 혁명운동가들의 묘비와 그에 새겨진 문 장들이었다. 묻힌 지 수십 년이 된 것도 있고 최근에 조성 된 무덤도 있다. 마르크스 묘비에서 2미터도 안 떨어진 바 로 왼쪽에는 트리니다드 토바고 출신 여성운동가의 무덤 이 '아버지' 곁에 묻힌 딸처럼 잠들어 있다.

좁은 길을 건너면 쿠르드 공산당 창시자를 비롯한 여러

혁명가들의 무덤들이 모여 있다. 어떤 묘비명은 아랍어로 새겨져서 뜻을 알 수 없다. 하지만 영어로 새겨진 대부분의 글은 고인들이 평생을 두고 부딪혔던 투쟁의 목표가 '아직은' 달성되지 않았음을 밝히고 있다.

"나 죽으면 마르크스 무덤 옆에 묻어달라"는 본인의 유언을 따랐던 것일까. 아니면 동지들 뜻을 모아 이곳에 영원의 몸을 뉘게 한 것일까. 상세한 내력을 알 수는 없다. 하지만 이들이 태어나고 살았던 모국의 정치적 환경을 생각해볼 때 대부분이 세상을 떠날 당시 정치적 박해를 피해 런던에 망명 중이지 않았을까 짐작해본다. 그들이 죽어서까지 가까이에 묻히기를 원했던, 사상의 아버지 마르크스가 그랬던 것처럼 말이다.

아이러니한 것은 무덤 가운데 마르크스가 평생을 살았고 머지않아 프롤레타리아 혁명이 폭발하리라 예상했던 서구 제국 출신은 보이지 않는다는 것이다. 아랍, 남미 등 이른바 제3세계 운동가들의 무덤이 대부분이다. 마르크스가 일찍이 『공산당 선언』에서 외쳤던 말과는 정반대로, 유럽에서는 그의 사상 자체가 진짜 '유령'이 되어버렸다는 증거일런가. 아직도 그의 목소리가 생명을 얻어 살아 있는 곳은 생전에 마르크스의 주목을 멀찌감치 벗어나 있던 저 변방의 나라들인 것이다.

마르크스는 1849년 런던으로 망명을 했고, 1883년 3월

14일 64세의 나이로 런던에서 숨을 거두었다. 생애의 절반 이상을 말 그대로 신산(辛酸)의 망명생활로 보낸 셈이다. 오늘 하이게이트 묘지 한 모퉁이에 묻힌 저 제3세계 운동가들의 삶도 마르크스의 그것과 크게 다르지 않았으리라는 생각이 든다.

묘지 한 귀퉁이에 앉아 그들이 걸어갔을 인생을 떠올려본다. 아프고 쓰라렸던 길. 그럼에도 불구하고 전 생애를 던진 목표가 살아생전 달성되리라는 희망은 까마득했을 슬픈 망명자의 삶. 이들의 평생이 거대한 역사의 수레바퀴 밑에서 과연 어떤 의미를 지닌 것이었을지.

마르크스가 예언했던 형태를 한참 뛰어넘어 극한의 진화를 거듭하는 세계적 투기금융자본의 위세. 그 독이빨에 수억 명의 몸과 마음이 갈기갈기 찢겨가는 광풍을 본다면 마르크스는 과연 무슨 말을 할 것인가. 묘지 구석구석 묻혀 있는 이 사람들의 영혼은 또 무슨 말을 할 것인가.

여름 한낮의 런던 북부 하이게이트 묘지. 나무 그늘 사이로 누군가의 노래인 듯 서늘한 바람이 불어오는데, 나는 살았고 싸웠고 죽어간 이들을 애도하는 성호를 그었다.

미국의 민낯, 홈데포의 노인 노동자들

어제저녁 일기예보. 아칸소(Arkansas)에서 발생한 돌풍과 뇌우가 오스틴 쪽으로 다가온다고 했다. 아니나 다를까 어두운 하늘을 찢어발기는 엄청난 천둥 번개가 밤새 쳤다. 억수 같은 비가 2층 베란다까지 넘쳤다. 아침인데도 뒷마당이 어두컴컴하다. 그 모습을 지켜보다 며칠 전 들른 홈데포(Home Depot) 생각이 났다.

나 같은 이방인 눈에 미국에서도 가장 미국적인 곳이 홈데포다. 1978년 설립된 이 업체는 가정에서 쓰이는 건축자재, 유지 보수 제품, 공구 등을 전문적으로 판매하는 체인점이다. 알래스카와 하와이를 포함한 미국 내 모든 주와 캐나다, 중국, 멕시코 등에 2,000개 이상의 매장이 있다. 명실공히 세계 최대의 가정용 건축자재 업체다.

물론 치열한 경쟁자도 있다. 1946년 설립되었으며 홈데포보다는 살짝 뒤진 2위를 기록 중인 로위스(Lowe's)가 그것. 홈데포는 오렌지색, 로위스는 짙은 푸른색을 이미지 컬러로 하고 있지만 매장이 위치한 지역, 건물 형태, 제품 진열 및 판매방식이 매우 닮았다.

많은 미국인들이 이곳에서 갖가지 물건을 사서 DIY로 집을 고친다(물론 소득상위 1퍼센트는 손톱 하나 까딱 안 하겠지만). 우선 매장의 크기가 대단하다. 우리 동네 홈데포는 건물 폭이 족히 100미터를 넘는다. 창문 없는 직사각형 창고 형태의 이런 단층 독립 매장을 빅박스(Big Box)라 부르는데(월마트나 이케아가 그렇다), 주말은 물론 평일에도 수많은 사람이 광활한 매장을 이웃 가게 쇼핑하듯 드나든다.

며칠 전 밀대 걸레를 사러 간 이 거대 매장에서 나는 미국사회를 관통하는 특징 두 가지를 발견했다. 첫째는 상상을 초월하는 물건의 다양성이다. 리벳이 이렇게 종류가 많은지 여기 와서 처음 알았다. 크고 작은 갖가지 모양이 어림으로 봐도 400~500가지 넘게 진열되어 있다. 절삭용 드릴은? 역시 100여 가지가 넘는다. 그 밖에도 목재 패널에서 시멘트, 농기구, 산업용 자재에 이르기까지 수만 가지 제품이 판매되고 있다. 압도적 풍경이다.

두 번째는 (그리고 보다 인상적인 것은) 노동자들의 면면이다. 다른 업종에 비해 할아버지, 할머니 종업원들이 많기 때문이다. 동작과 말이 어눌한 장애인 종업원이 열심히 제품을 설명하는 모습도 보인다. 이 업체의 고용정책이 유연하고 진보적이란 의미로 해석된다. 계산대의 할머니는 하얗게 센 백발과 얼굴 주름이 족히 80세는 넘어 보인다. 비

숫한 나이대의 직원들이 곳곳에서 판매 서비스를 제공한
다. 모두 정식 직원이다. 고작 50대 중후반에 일터 떠나는
우리 현실과 비교된다.

기름때 잔뜩 묻은 앞치마 입고 물건 정리하는 저 할아버
지는, 아마도 평생 공구를 좋아하거나 망가진 물건 고치는
걸 즐겨한 분이 아닐까 마음대로 짐작해본다. 열심히 일하
시는 모습이 보기 좋아 고개를 끄덕인다.

그러다가 갑자기 이런 생각이 든 것이다. 그것이 전부일

까? 이분들이 모두, 과연 스스로 좋아서 이 나이 되도록 힘든 육체노동을 하고 있을까? 홈데포의 이 같은 모습을 성과 연령의 차별이 없는 건강한 사회의 징표로 읽을 수도 있을 게다. 보편적 미국인들의 노동관(work ethic)에 있어 나이 들어 일하는 걸 부끄러워하지 않는 경향이 있기도 하다. 실제 저분들 중에는 충분한 경제적 여유가 있음에도 불구하고 그냥 일 자체가 좋아서 일하는 이도 존재할 수 있다는 뜻이다. 하지만 과연 그것이 전부일까.

젊은 나이에 땀 흘려 돈 벌고 예순 즈음에 은퇴하는 건 미국도 마찬가지다. 플로리다처럼 날씨가 온화하고 풍광 좋은 지역, 혹은 유명 관광지에 노년층이 유난히 많은 까닭이다. 육체와 정신의 기력이 쇠한 나이에 엄혹한 비자발적 노동에 시달리고 싶은 사람은 세상에 아무도 없다는 것이 솔직한 내 생각이다. 그런 의미에서 혹시 홈데포의 이 노인 노동자들은 자기 몸 써서 돈 벌지 않으면 살아갈 수 없는 딱한 처지일지도 모른다는 생각이 불현듯 든 것이다.

밖에서 보던 미국과 안에서 보는 미국이 다른 것은 당연한 일 일게다. (자국 이익을 위해 다른 나라 인권과 민주주의를 파괴해온 패권적 행태는 접어두고) 세계에서 가장 엄격한 입국심사를 거쳐 일단 국경 안에 들어오기만 하면, 합리적인 정치체계와 강력한 사회기반시설이 작동하는 '괜찮은 민주주의 국가'로 보인다. 유럽 여러 나라의 재화와 소득 균분

(均分) 시스템과는 비교가 안 되지만, 그래도 극빈층에게 식품을 보조하는 '푸드 스탬프(Food Stamp)'라는 최소한 복지장치가 있다. 먹거리 살 돈이 없어 굶어 죽은 서울 송파동 세 모녀 같은 비극은 없다는 뜻이다.

기득권층의 격렬한 저항 뿌리치고 의료보험 개혁, 무기 규제, 최저임금 인상 등을 추진하는 오바마 같은 현실정치 진보세력이 존재한다. 첨단 기술력과 지하자원이 결합되어 뿜어내는 압도적 경제력. 자유무역의 선구자답게 1달러 샵에서 명품매장에 이르기까지 세계 각국에서 수입한 물건들이 홍수처럼 넘쳐흐른다. 그러나 홈데포에서 목격한 저 같은 노인노동의 현실을 보면서 나의 생각은 또 달라진다. '괜찮은 표면'을 넘어선 심층의 모습 말이다.

첨단산업이 발달한 오스틴은 텍사스에서도 손꼽히는 부자도시다. 캘리포니아 실리콘밸리에 빗대어 실리콘 힐(silicon hill)이란 별명이 붙어 있을 정도다(삼성전자 미주 반도체 공장도 도시 북쪽에 있음). 그 상징적 모습이 콜로라도강을 낀 언덕배기에 즐비하게 늘어선 삼 층, 사 층의 저택들이다.

하지만 도로변에 드문드문 들어선 버스정류장. 그곳에서 땡볕 맞으며, 늘 시간 어기는 버스 하염없이 기다리는 이들은 대부분 중남미 출신이거나 흑인 그리고 레드넥*들이다. 굿윌 스토어(Goodwill Store)나 구세군 매장 같은 기증

품 재판매 가게에서 멀끔한 옷차림의 백인들은 한 번도 본 적이 없다.

웃통 벗고 도로를 수리하거나 아파트에서 낙엽 청소하는 노동자들도 마찬가지. 이른 아침에는 꾸벅꾸벅 졸며 출근하는 초라한 행색의 테하노**와 흑인들이 버스 안에 가득하다. 싸구려 중고차 한 대 살 돈이 없기 때문이다. 진실은 때로 한낮의 그림자 속에 숨어 있는 게다. 다만 눈에 잘 띄지 않을 뿐, 이 도시의 자유롭고 부유한 분위기 이면에는 심각한 계급 격차와 인종차별이 감춰져 있는 것이다.

어두운 대지를 가르며 번갯불이 번쩍일 때, 우리는 대지의 일그러진 모습을 일순 목격한다. 내가 홈데포에서 만난, 지치고 쪼그라든 팔순 할머니의 표정이 혹시 그러한 섬광은 아니었을까.

---

* Red neck: 미국 남부지역의 하층 백인들을 통칭하는 단어다. 야외노동으로 햇볕에 목이 붉게 탔다 해서 이런 이름이 붙었다고 한다.
** Tejano: 미국이 텍사스 땅을 합병하기 전부터 이 지역에서 오랫동안 살아온 멕시코계 주민들을 말한다.

그날이 오면*

런던에는 광장이 많다. 그중 가장 넓고 웅장한 곳이 트래펄가다. 분수가 솟구치고 시민들이 삼삼오오 담소를 즐기는 이 광장에는 동상과 조각상이 여럿 있다. 내셔널갤러리를 바라보며 오른쪽에 우뚝 서 있는 것은 넬슨 제독 동상. 한쪽 눈과 팔을 잃은 몸으로 나폴레옹 침략으로부터 대영제국을 지켜낸 영웅이다. 그가 목숨 잃은 전장이 트래펄가 해협이니 넬슨을 기념하는 동상이 서 있을 법하다.

하지만 영국을 다시 쳐다보게 만드는 또 하나의 인물상이 왼쪽에 대칭으로 놓여 있다. 이 대리석상은 여느 동상과 모양새가 다르다. 좌대 위에 오른쪽으로 고개를 살짝 돌린 여인이 벌거벗은 채 앉아 있기 때문이다. 그런데 그녀의 모습이 조금 특이하다. 양팔이 없고 넓적다리에 발이 달려 있으니까 말이다.

해표지증(Phocomelia)이란 유전장애를 안고 태어났으나

---

* 이 글은 2013년에 썼다.

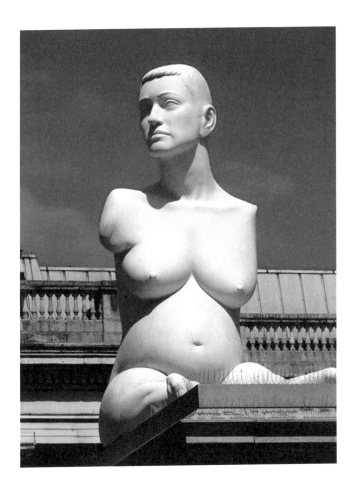

마침내 구족화가와 사진작가로 성공한 사람. '살아 있는
비너스'로 불리는 앨리슨 래퍼(Alison Lapper)가 아이를 임
신한 모습이다. 육체적 한계와 여성이라는 이중의 악조건
을 딛고 일어선 장애인을 나라를 구한 영웅과 동격으로 대
우하는 셈이다.

해가 지지 않는 제국으로 칭해지며 근대 이후 악랄한 식민지 쟁탈전을 벌였던 국가. 급속한 복지 축소와 민영화, 노동조합 탄압이라는 신자유주의 이데올로기를 세계에 퍼뜨린 대처리즘의 나라 영국. 하지만 내가 트래펄가 광장에서 조각상을 보면서 떠올린 것은 또 다른 상념이었다. "저것이야말로 한 나라의 품격을 상징하는 것이다"라는 부러움이었다.

지난 5년간 이명박 정부의 폭거에 대해 고개를 흔드는 분들이 많다. 대표적 사례는 막대한 혈세 퍼부어 국토를 파헤치고 물줄기를 뒤튼 4대강 사업이겠다. 하지만 정책의 영속성 측면에서 못지않은 실정이 있었다고 본다. 국민의 정부와 참여정부에 걸쳐 10년간 미약하게나마 뿌리내리던 소외계층 복지에 대한 전면적이고 악의적인 붕괴 말이다.

이명박 집권 시기에 GDP 대비 국가 공공복지부담 비율은 OECD 회원국 평균의 3분의 1에 불과한 7.8퍼센트였다. 극단적 사회경제적 양극화 아래서 자살률이 세계 1위로 치솟았다. 가난한 산동네마다 아이들 공부방이 소리소문없이 문을 닫았고, 생계 불안정과 소득감소를 못 견딘 휠체어 장애인들이 도심에서 격렬한 시위를 벌인 적이 한두 번이 아니었다. 사회적 최약자에 대한 이 같은 노골적 박대는 '가난한 게 죄'라는 참담한 인식을 널리 퍼트리는

데 일등 공신이 되었다.

　복지정책 후퇴에 대한 광범위한 대중적 비판과 분노는 당연한 일. 이를 모면하고자 대선 국면에서 박근혜 후보는 복지 이슈를 공격적으로 선점했었다. 하지만 '제 버릇 개 줄까'란 속담이 한 치 오차 없이 실현되고 있다. 핵심 공약으로 내세웠던 4대 중증질환 본인 부담금 100퍼센트 보장, 65세 이상 전체 노인 대상 기초연금 20만 원 지급 약속을 헌신짝처럼 버린 것은 애교에 불과하다.

　세수 부족이 20조 원에 달할 것으로 예상되는데도 법인세 인하 조치를 되돌리는 일은 절대 없다고 강조한다. 막대한 초과이윤을 축적한 재벌과 고소득층에 대한 감세도 한사코 거부한다. 상식적으로 성립 불가능한 '증세 없는 복지'만 염불처럼 외우면서 말이다. 사정이 이러하니 박근혜의 남은 4년 임기 동안 OECD 최하위 수준 복지제도의 개선 가능성은 낙타가 바늘구멍에 들어갈 확률이다. 취약계층에 대한 사회안전망은 갈수록 그물코가 뻥뻥 뚫릴 것이고 말이다.

　지난 2009년 10월 세종로 광화문 광장에 황금빛 세종대왕 동상이 세워졌다. 그 시점부터 지금까지 머리에서 떠나지 않는 생각이 있다. 왜 하필 그때 그 자리에 전국 수백 개 초등학교 운동장 한편에 먼지 뒤집어쓰고 있던 임금 동상을 새로 건립하는가에 대한 의심이었다. 혹시 이명박은 높은 좌대 위에 앉은 자애로운 옛날 옛적 임금님 입을 통해 이런 메시지를 던지고 싶었던 게 아닐까.

"너희들 없는 백성들이야 그저 나라의 은혜에 감읍해서 살기만 하면 되느니라."

동상을 통해 그러한 암묵적 기의(記意)를 만천하에 뿌리 내리고 싶었다고 생각하는 게 과도한 망상이기만 할까.

그렇게 생각이 달려간 곳에서 나는 이런 꿈을 꾼다. 나라 구한 장군과 백성 사랑한 임금 동상 사이에 새로운 동상이 세워지는 장면을. 지금으로부터 43년 전, 참혹한 노동조건을 깨부수기 위해 "우리는 기계가 아니다!"라고 외치며 자기 몸을 불사른 사람. "조금만 참고 기다려라. 너희들의 곁을 떠나지 않기 위하여 나약한 나를 다 바치마"라는 아픈 꿈을 꾸었던 스물두 살 청년, 전태일의 동상이 우뚝 서는 날을 말이다.

그 순간이야말로 이 땅에서도 세상의 근간을 이루는 노동자와 사회적 약자들에 대한 새로운 가치가 인정되고 존중이 시작되는 전환점이 될 것이라 믿어본다. 그날이 오면 비로소 나는 트래펄가 광장에서 엘리슨 래퍼를 보면서 느꼈던 부러움과 부끄러움을 조금이나마 벗어던질 수 있을 것 같다.

체코의 집시 아이들

그해 여름, 런던을 다녀왔다. 개인적 공부도 하고 자료도 찾고, 파김치가 된 세상살이에 대해 생각도 좀 가다듬고. 이런저런 목적으로 떠난 여행이었다. 5주 동안의 여정 말미에 체코 프라하를 잠깐 들렀다. 사진 속 아이들은 프라하 인근 클라드노라는 작은 도시에서 만난 녀석들.

프라하로 돌아오는 기차 시간이 남았다. 역사 건너편에 성근 플라타너스 숲이 보였다. 울창하지는 않지만 나무그늘이 있었고 작은 벤치도 있어 건너가 보았다. 숲 안쪽으로 초라한 3층 건물이 보인다. 그 앞에서 꼬마들이 뛰어놀고 있었다. 카메라로 하늘을 찍고 나무를 찍고 벤치를 찍는데, 어느새 꼬마들이 다가와 호기심 어린 눈으로 날 쳐다보는 것 아닌가. 털끝만큼 의심도 적의도 없는 웃음을 머금고. 그리고는 카메라가 신기한 듯 손가락으로 자꾸 가리키는 것이다.

체코는 슬라브 혈통의 체코족이 인구의 90퍼센트 이상을 차지한다. 그런데 이 아이들은 슬라브 혈통이 아니다.

어딘가 모르게 집시의 느낌이 강하다. 안쪽의 집은 다 허물어질 듯 낡았다. 여러 집이 공동으로 거주하는 형태다. 창문에는 빨래가 주렁주렁 걸려 있고 머리를 길게 기른 갈색 피부의 남자가 아예 웃통을 훌렁 벗고 문 앞에 누워 있다.

아이들의 입성은 남루하다. 하지만 너무나 티 없는 표정이다. 손짓 발짓으로 "너희들 찍어줄까?"라고 물으니 고개를 끄덕인다. 카메라 모니터에 찍힌 자기들 모습을 보여주니 깡총깡총 뛰면서 좋아한다. 내 가슴을 손가락으로 짚으며 "김"이라고 말해주니 아이들 역시 스스로를 가리키며 이름을 말해준다. 발음이 잘 안 들려 여러 번 물었다. 그중 한 아이의 이름이 '스타쉬슬로바냐'였던가.

숙소로 돌아와서 노트북 모니터에 사진을 확대해본 후

나는 깜짝 놀랐다. 때 묻은 옷을 입고, 입가에 음식 부스러기를 묻힌 아이들이 꼭 천사같이 보였기 때문이다. 이 천진난만한 웃음을 보라. 카메라를 향해 활짝 웃는 아이들의 눈동자 속에 사진을 찍는 내 모습이 거꾸로 담겨 있음을 발견한다. 그럴 게다, 내가 아이들을 찍었지만 아이들의 기억 속에는 낯모르는 동양인 아저씨의 웃음이 생생히 찍힌 것이겠지.

장난치며 놀다 보니 기차 시간이 임박했다. 헤어지면서 몇 번이나 뒤를 돌아봤다. 나무 아래에서 아이들이 움직이지도 않고 언제까지나 손을 흔든다. 아이들을 생각하면 지금도 가슴 한구석이 젖어온다. 애틋함, 가련함, 따뜻함. 이 감정을 뭐라 표현할 수 있을까.

한 30분이나 되었을까 우연히 스쳐 지나며 만난 아이들이었다. 하지만 그 녀석들의 웃음이 지금도 내 가슴속에 박혀 있다. 햇살 아래 반짝이는 작은 사금파리처럼.

생각해보니 클라드노의 플라타너스 숲에서 아이들과 만난 그 순간이 그해 여름의 여행 가운데 가장 빛나는 시간이 아니었을까 싶다.

황소 앞에서 얼어붙다

미술관에 가면 경험하는 특이한 현상이 있다. 무심코 스치던 그림이나 조각 앞에서 가끔 얼어붙는 것이다. 루브르 박물관 갔을 때가 첫 체험이었다. 들라크루아의 〈메두사호의 뗏목〉 앞에서 10분 이상을 꼼짝 못 하고 붙잡혔다. 마치 포충망에 걸린 잠자리 같았다. 발을 옮겨야 한다 생각했는데도 좀체 그럴 수가 없었던 게다.

왜 그런 순간이 오는지 심리적 경로는 정확히 모르겠다. 다만 어렴풋이 짐작되는 건 있다. 특정 작품과 내가 살아온 인생의 파장이 말굽쇠가 다른 말굽쇠를 울리듯 겹칠 때 마음이 일순간 얼어붙는 게 아닌가 싶다.

오스틴대학 블랜턴 미술관(Blanton Museum of art)에서 또 그런 경험을 했다. 대학 미술관으로서 세계 최고 수준으로 평가되는 이곳에는 특히 르네상스 시대 회화작품의 수준이 높다. 하지만 오늘 내가 만난 것은 한 조형물이다.

야차 같은 표정의 카우보이가 도망치는 황소의 목에 밧줄을 던지고 있다. 잔인하게 이를 앙다문 남자의 표정을

보라. 충격적인 것은 앙상하게 갈비뼈가 드러난 황소의 모습이다. 다리가 녹아서 그냥 땅에 엉겨 붙어버린 것이다. 공포에 질려 달아나려 하지만, 몸이 녹은 채 대지에 사로

잡혀버렸다. 비명을 지르는 고통스러운 표정에 가슴이 섬 찟할 정도다.

이 조형물에서 가장 눈에 띄는 건 소재다. 번쩍이는 파이 버글래스를 주재료로 썼다. 거기에다 자동차용 페인트, 불 켜진 붉은색 램프(황소와 말의 눈알)와 같은 산업용 자재를 대거 사용하고 있다. 반들거리는(ultraslick) 표면은 청동 혹 은 대리석과 질감이 매우 다르다. 극단적으로 리얼리스틱 하다.

간신히 작품에서 눈을 떼고 벽에 붙은 설명을 읽는다.

작가는 멕시코 혈통의 루이스 히메네스(Luis Jimenez). 1940년에 텍사스주 엘패소에서 태어나 2006년에 세상을 떠났다. 미술관의 큐레이터는 히메네스를 이렇게 설명한 다. 미국의 서부개척 역사 경험을 스스로 체험의 렌즈를 통해 형상화한 조각가 겸 화가라고.

작품의 의미는? 포식자와 먹이 사이의 거부할 수 없는 운명을 일련의 시리즈로 표현했다고 적혀 있다. 동시에 진 보를 향한 인류애의 행진을 비유했다고. 대체 이게 무슨 호랑말코 같은 소리인가. 미술평론과는 담쌓은 나다. 하지 만 내 눈에도 이 작품이 그렇게 고상한 추상을 다룬 것 같 지는 않다.

나중에 구글을 찾아봤더니 히메네스의 할아버지는 멕시 코에서 살던 유리공이었다. 아버지 대에 미국으로 이주했다. 예술가를 꿈꾸던 그의 아버지는 1930년대 불어닥친 대공황으로 좌절했고, 생업으로 네온사인 제작을 택했다. 히메네스는 여섯 살 때부터 아버지를 도와 가게에서 일했다고 한다. 그래서 어릴 적부터 산업용 자재 사용에 익숙했고 결국 작품에 활용한 것이다. 히메네스는 전형적 멕시칸 아메리칸*인 게다.

텍사스주는 멕시코와의 오랜 전쟁을 거쳐 미국이 빼앗은 땅이다. 그래서 테하노가 총인구의 30퍼센트를 넘어선다. 멕시칸들이 이미 자리잡고 잘살던 땅에 백인들이 이주해서 독립국을 선포하고 반란을 일으켰다(그 뻔뻔함이 정말 미국답다). 그러다가 멕시코 정규군의 반격에 거꾸로 몰살당한 유적지가 산 안토니오에 있는 그 유명한 알라모 요새다.

1836년 전투에서 텍사스의 백인 시민군 189명이 건물 안에 갇힌 채 전사한 알라모 전투는, 텍사스뿐 아니라 미국 정신을 상징하는 역사적 사건으로 통한다. 우리로 따지면 충무공 이순신의 한산대첩 정도 되는 셈이다. 백인 위주의 보통 미국 사람에게야 이런 역사가 비장한 애국심을 솟구치게 할 것이다. 하지만 멀쩡히 살던 땅을 빼앗기고 졸지에 남의 나라 통치하에 들어간 멕시코 사람 입장에서

---

* 다른 지역에서는 보통 치카노(Chicano)란 이름으로 부르지만, 텍사스에서는 테하노(Tejano)라는 별도의 호칭을 쓴다.

도 그럴까?

그런 사정을 알고 보면 큐레이터의 저런 해설은 조금 황당한 것이다. 밧줄에 목이 걸려 숨이 넘어가는 황소한테서 무슨 '인류애의 행진' 운운이란 말인가. 차라리 멕시코 이민자의 아들로 태어나 유년기부터 노동에 뛰어들었던 루이스 히메네스. 그가 강탈당한 조상의 땅에서 체험한 분노와 절망이 형상화된 것이라 평하는 것이 정확해 보인다.

이 조각에 담긴 정서는 분명히 진보나 승리의 휘황한 쾌감이 아니기 때문이다. 오히려 죽어가는 자, 빼앗긴 자의 끝없는 고통이다. 미국의 서부 개척 저변을 맥맥히 흐르는 죽임과 수탈의 역사. 그 거대한 말발굽에 짓밟힌 피해자들의 절규 말이다. 그런 어둡고 검붉은 감정들이 성난 카우보이 얼굴에 번들거리는 자동차용 페인트, 황소의 눈을 밝힌 주황색 램프 그리고 땅에 엉겨 붙은 다리를 통해 분무기처럼 맹렬히 뿜어 나오고 있는 것이다.

히메네스의 작품이 같은 미술관 로비에 또 하나 전시되어 있다. 리오그란데강을 건너는 월경자의 모습이다. 제목은 〈강을 넘는 사람들(Cruzando El Rio Bravo)〉. 코요테(Coyote)라는 별명으로 불리는 불법 입국 안내 장정의 등에 업힌 모자(母子)의 모습을 형상화했다.

목숨 걸고 리오그란데 강을 건너는 불법 입국자의 떨리는 두려움과 슬픔. 아마도 저 모습은 지금도 국경장벽을 넘

어오는 중남미 밀입국자의 모습이기도 할 게다. 세차게 두
근거리는 심장박동이 고스란히 전해지는 것 같다. 공포와
뒤섞인 간절한 희망이 어깨 위에 올라앉은 여인의 표정에

새겨져 있다. 마치 칼에 베인 상처처럼 깊숙이.

살아오면서 이런 작품을 대할 때마다 한국에서는 느껴 보지 못한 자각을 하곤 한다. 내가 '사회적 소수자'가 될 수 있다는 생각 말이다. 자기 본향에 사는 이들은 스스로의 주류 다수자 위치와 권리를 당연한 것으로 생각한다. 하지만 오늘날과 같은 전 지구적 교류 속에서 그것은 참으로 무망한 생각이다. 누구나 그리고 일순간에 역할이 뒤바뀔 수 있기 때문이다. 현재의 다수자가 내일의 소수자가 될 수 있는 것이다. 심지어 단 며칠 동안의 외국 여행을 통해서라도.

그렇게 히메네스의 두 작품 사이를 시계추처럼 왔다 갔다 하는데, 떠꺼머리 금발 총각이 다가온다. 미술관 문 닫을 시간이 다 됐다는 거다. 다음에 다시 오리라 다짐한다. 오늘 내가 받은 충격의 정체가 무엇인지, 좀 더 자세히 확인해봐야겠다.

제3세계에서 온 친구들

　새벽 2시. 할레드 호세이니의 『천개의 찬란한 태양』을 다 읽었다. 마리암과 라일라, 두 여인의 운명에 너무 마음이 저렸다. 불을 끄고 누워서도 한참 뒤척였다. 날이 밝으면 뭔가 글을 써야겠다고 생각했다. 근데 학교 와서 수업하고 외부 원고 정리해서 보내고 하다 보니 어느새 저녁이다. 체력이 다 떨어졌다. 할 수 없이 주섬주섬 짐을 싸는데, 미국 체류할 때 몇 달간 다녔던 ESL(English as a Second Language)의 추억이 떠올랐다.

　가장 인상적인 것은 캠퍼스를 옮겨 새로 시작한 클래스에서 만난 한 남자였다. 나이를 짐작 못할 정도로 하얗게 센 수염의 아프가니스탄 출신. 정치적 망명자 신분이라고 다른 친구가 귀띔해줬다. 고집스레 입고 있는 아프간 전통 복장과 터번 아래, 세상에 대한 알 수 없는 경멸과 분노로 번쩍이는 눈빛. 쉬는 시간에는 수강생들끼리 수다를 떨곤 하는데 대화에 끼어드는 법이 없었다. 그저 어두운 표정으로 우두커니 창밖을 바라보곤 했다. 고국에서 심각한 사연이 있었던 게 분명해 보였다. 어제 소설을 읽으면서 머릿속에 가물가물 떠오르는 얼굴이 있었다. 바로 그 남자였던 게다.

오스틴 커뮤니티 칼리지(약칭 ACC)에서 진행하는 ESL 강좌는 영어를 외국어로 삼는 모든 미국 이민자(단기체류자 포함)에게 완전 무료로 개방되어 있다. 그런데도 교육 시스템이 전문적이고 체계적이다. 이민자로 시작된 나라답다. 상당한 예산이 들어갈 텐데도 묻지도 따지지도 않고 모두에게 후한 교육 기회를 제공한다. 미국의 전성기가 지났다는 평가가 많다. 하지만 이런 면면을 보면 아직도 이 나라의 숨겨진 저력이 만만치 않음을 직감한다.

처음에는 카메론 로드에 있는 아시아 이민자를 위한 문화센터(AARC: Asian American Resource Center)에서 수업을 했다. 3레벨을 듣다가 마지막 레벨로 클래스를 옮겼다. 북쪽에 있는 노스리지 캠퍼스가 새로운 수업 장소다.

며칠 전 이전 클래스메이트들에게 작별인사를 하러 갔다. 그들의 면면은 이렇다. 멕시코에서 온 로돌포, 란도, 일란다. 이라크에서 온 사랍, 제이합, 위삼. 베트남 출신의 킴, 유이엔. 홍콩에서 온 리. 미얀마 출신의 리안. 모잠비크에서 온 크리스틴. 스페인 출신의 앙헬레스. 니카라과에서 온 아이다. 애리조나에서 왔지만 영어가 서툰 루쓰. 과테말라에서 온 휴고. 쿠바 출신의 에르네스토, 알시, 밀라로스. 레바논에서 온 란다. 그리고 러시아 출신의 옥사나.

한 달 동안 이들과 함께하면서 많은 걸 배웠다. 사람 사는 게 어디나 비슷하다는 걸 실감했다. 대부분이 이른바 제3세계 출신이다(한국과 스페인을 제외하고). 건설현장, 식당 조리사, 재봉사 등 육체노동자로 일한다. 이들에게는 하나같이 구구절절한 사연이 있다. 하지만 미국에서 만난 어떤 사람들보다 쉽게 나한테 마음을 열어주었다. 없이 사는 사람들이 어디서나 정이 깊은 법이다.

텍사스 ESL에는 멕시코에서 건너 온 사람들이 많다. 국경이 미국과 맞닿아 있으니 당연한 일이다. 순진한 미소가 일품인 로돌포는 나이가 나랑 비슷하다. 멕시코에서 건너온 지 20년이 넘었다. 입국 시점부터 지금까지 줄곧 건설현장에서 일한다. 시카고, 마이애미 등 여러 도시를 떠돌아다니다가 오스틴에 정착했다 한다. 일 끝난 밤에 버드와이저 한잔하는 게 최고의 낙이다. 가족 대부분이 멕시코 중부 시골 도시에 있다. 명절이 되면 국경 건너 선물 사 가지고 돌아가는 게 인생에서 제일 행복한 순간이라 한다.

짧게 쳐올린 상고머리, 반짝반짝하는 눈이 총명한 란도(사진 맨 오른 쪽)도 건설노동자. 그는 세상에서 제일 친한 사람이 같이 사는 자기 형이라고 말한다. 왜 그러냐고 물으니 가족이 둘뿐이라서 그렇단다. 나머지 식구는 모두 멀고 먼 남부 멕시코에 있다. 비자 문제 때문에 가족들을 보

지 못한 지가 3년이 넘었다고 한다.

쿠바 출신도 적지 않다. 에르네스토는 앞짱구 뒤짱구 머리 모양이 귀엽다. 30대 초반의 이 청년은 고국에서 의사였다. 의료체계가 서방과 달라서 속성교육을 실시하고 바로 현장에 투입되기는 하지만 그 나라에서도 최상층 직업 중 하나다. 근데 미국에서 쿠바 의사 자격증은 아무 가치가 없단다. 낯선 땅에서 할 수 있는 유일한 일이 육체노동이라는 게다. 입성도 성격만큼 깔끔하다. 일 마치면 바로 집에 가서 샤워를 하고 깨끗한 티셔츠와 반바지로 갈아입고 공부하러 온다.

알시. 그는 클래스에서 가장 독특한 인물이다. 50대 후반의 이 아저씨는 자기소개의 일성을 이렇게 터트렸다.

"나는 여호와를 위해 사는 사람이다. 온갖 어려움 속에서도 그가 도와주셔서 미국에 왔다!" 이렇게 열렬한 신앙고백을 하는 게다. 기증 의류를 파는 굿윌(Good Will)에서 모든 옷을 구할 정도로 없이 살지만 늘 주위 사람을 도우려 애쓴다. 알시도 고국에서 전문 직업인이었다고 한다.

앙헬레스는 오스틴의 초등학교에서 스페인어 가르치는 남편과 함께 미국 온 지 넉 달 된 새댁이다. 브라질을 제외한 중남미 모든 나라가 스페인어를 쓴다. 쉬는 시간에 사방에서 들리는 것은 스페인어, 그중에서도 재잘재잘 가장 크게 들리는 목소리가 이 새댁 것이다.

클래스에서 유일한 흑인 크리스틴. 아프리카 모잠비크가 고향이다. 말투에 진한 프랑스어 발음이 배어 있는 게 그 때문이다. 얼마 전 남편이 300달러짜리 지폐뭉치를 잃어버려 대소동을 벌였단다. 다음 날 아침 기지를 발휘해서 운전석 아래에서 돈을 찾아낸 후 남편한테 마구 으스댔다는 이야기로 배꼽을 잡게 했다.

킴과 유이엔은 사이공에서 재봉 일을 했다. 미국 와서도 오스틴 다운타운 근처 봉제공장에서 하루 10시간 이상 재봉사로 일한다. 그래서 항상 지쳐 보인다. 유이엔은 한국 드라마 왕팬이다. 세상에서 제일 이쁜 여자가 누군지 아냐고 묻는다. 모르겠다고 하니 배시시 웃으며 "대장금!" 이런다.

아이다는 소모사와 산디니스타의 나라 니카라과에서 왔다. 칠순이 넘은 엄마를 늘 그리워한다. 연년생 9남매를 길러낸 엄마. 자기 시집갈 때 분홍색 꽃 레이스 달린 눈부신 드레스를 직접 만들어주었다 한다. 모국에서 좋은 대학 나왔지만 지금은 오스틴대학교 식당에서 요리사 보조로 일한다. 그녀는 니카라과 혁명 일으킨 산디니스타와 오르테가를 별로 안 좋아한다. 그래서 내가 물었다. "그러면 그 지독한 독재자 소모사가 더 좋니?" 깜짝 놀라 손사래를 치며 "아니 아니 그건 아니고…"라고 부인을 한다. 상대적으로 보자면 산디니스타가 훨씬 낫다고 하면서.

루쓰는 애리조나 출신. 멕시코에서 이민 온 부모가 그곳에서 루쓰를 낳았다. 하지만 그녀가 갓난쟁이일 때 멕시코로 돌아가 20대까지 살았다. 멕시코에선 영어를 한마디도 안 했단다. 결혼하러 미국에 다시 왔는데, 그 탓에 시민권이 있어도 영어가 영 서툴다.

분쟁의 나라 이라크에서 온 사람들은 모두 표정이 밝지 않다. 치렁치렁 윤기 나는 머리칼의 사람은 전형적인 중동 미인. 눈을 살짝 치켜뜨며 웃는 미소가 고혹적이다. 미국의 이라크 침공 후 온 가족이 시리아로 옮겼다가, 친구와 함께 다시 이곳으로 왔다. 제이합과 위삼은 아직도 이라크에 식구들이 남아 있다고 한다. 그러한 염려가 언제나 얼굴에 어두운 그늘로 서려 있다.

미얀마 출신의 리안은 푼수에 가까울 정도로 명랑하다. 그러나 이 40대 후반 남자는 건강이 좋지 않다. 배가 남산만하게 부른데다 심한 당뇨까지 있다. 이 도시에는 미얀마에서 온 망명자 공동체가 있다. 오랜 군부독재에 신음하는 미얀마의 정치상황이 여기서도 그대로 투영되고 있는 게다. 공동체에 몸을 의탁하고 있지만 아직 직업이 없다. 쉬는 시간이 되면 늘상 일자리 찾아야 한다며 중얼거리면서 한숨을 내쉰다.

과테말라는 멕시코 바로 아래 나라다. 휴고는 최근에 결혼을 했다. 역시 건설노동자로 일하는 이 청년은 붙임성이 좋고 환한 미소가 멋지다. 이 흥겨운 새신랑은 아내가 보고 싶어 수업만 끝나면 부리나케 중고차의 시동을 건다.

란다는 레바논에서 왔다. 그런데 두 달 전 스물다섯 살 큰아들이 교통사고로 세상을 떠났다. 질문 카드 주고받으면서 서로 대화를 하는 시간이 있는데, 그때 가슴속에 묻어둔 아들 이야기를 했다. 목걸이 펜던트를 열어 보인다. 그 안에 잘생긴 청년이 환한 웃음을 짓고 있었다. "똑똑한 아이였는데, 똑똑한 아이였는데" 눈물짓는 바람에 교실이 울음바다가 되었다.

이상이 내가 한 달 동안 만난 ESL 친구들의 이야기다.

모두 행운을 빈다. 뜻하는 바 이루고 잘살기 바란다고 작별인사를 했다. 그들의 곤고한 일상이 쉽게 바뀌기는 어려

우리라. 낯설고 말 선 타국 땅에서 더 오랜 고생을 해야 하리라. 그렇지만 각 나라에서 온 친구들아. 부디 아프지 말고 건강해라. 환경에 지지 말고 이곳에 깊게 뿌리를 내려라, 나는 그렇게 속으로 빌었다.

시애틀의 아코디언 청년

여행은 사람을 겸허하게 만든다. 낯선 곳으로 여행이 특히 그렇다. 그곳에서 나는 이방인이기 때문이다. 귓가를 스치는 타국어와 공중을 뛰어다니는 바람 속에서 얼마나 작고 외로운 존재인지를 실감하기 때문이다. 그럴 때 나를 내려놓게 된다. 세상은 얼마나 크고 내 삶은 얼마나 좁은가를 깨닫게 되는 것이다. 그래서 우리는 길을 떠난다.

여행을 통해 기억에 남는 것은 풍경이 아니다. 오히려 사람이다. 풍경은 사진으로 남지만 사람은 영혼에 새겨지기 때문이다. 시애틀 파이크 플레이스 마켓(Pike Place Market)에서 그런 인연을 만났다.

파이크 플레이스는 시애틀을 대표하는 재래식 공영시장(public market). 별명은 '시애틀의 영혼.' 1907년에 처음 문을 열었으니 100년을 훌쩍 넘긴 역사다. 북태평양에서 갓 잡은 싱싱한 생선과 갑각류가 시장 안에 즐비하다. 농장에서 직송된 야채와 과일이 반짝반짝 미소 짓는다. 꽃가게가 줄지어 있고 직접 만든 수공예품을 파는 상인들이 가득하다. 배달 상자 나르는 종업원의 장난기 어린 웃음이 천장에 부딪히는 것이다.

이곳의 명물은 4, 5미터 이상 거리를 두고 서로 생선을 던지고 받는 어물 가게 선남선녀들. 멍하니 그 모습 구경하다 자칫 비린내가 옷에 튀길 수 있으니 조심할 것. 물론 맛있고 가격 저렴한 식당들도 줄지어 늘어서 있다.

꾸미지 않은 생생한 에너지가 공간 전체를 휘감고 있는 것을 입구에 들어서는 순간 느낄 수 있다. 월마트, 타깃 등 거대 자본이 유통을 장악한 미국에서 이런 생동감 넘치는 분위기는 매우 희귀하다. 대규모 매장들은 분위기가 깨끗할지는 몰라도 규격화, 표준화된 공산품을 그냥 싼값에 구입하는 곳일 뿐이다. 사람 냄새가 사라진 지 오래인 게다. 그러니 펄펄 뛰는 인간의 에너지, 흥청대는 웃음 가득한 파이크 플레이스에 관광객들이 몰려오는 것은 당연한 일이다.

한 해 동안 무려 천만 명이 이곳을 찾는다. 시장 메인(main) 출입구 쪽에 그 유명한 스타벅스 커피 1호점이 위치한 것도 한몫하고 있다. 스타벅스 심볼마크는 다들 한 번쯤 봤을 게다. 아름다운 노래로 선원들을 유혹해서 배를 난파시키거나 스스로 물에 뛰어들게 만든다는 지중해의 인어 세이렌(seiren)을 이미지화시킨 것이다.

하지만 유대인 출신으로 알려진 고든 보커, 제럴드 제리

볼드윈, 지브 시글이 1971년에 개장한 1호점에 사용한 로
고는 현재와 달랐다. 세이렌이 다리를 활짝 벌리고 있는
모습, 그리고 벌거벗은 상반신을 고스란히 노출한 그림이
었다.

이 노골적 비주얼은 여성단체로부터 많은 항의를 받았
고, 할 수 없이 디자인을 변경한 것이 지금의 심볼마크가
된 것이다. 스타벅스 1호점에 48년 전의 그 심볼마크가 있
다. 세계에서 단 한 곳 이곳에만 있다고 한다.

그렇게 커피가게 문을 밀고 나오는데 묘한 일이 일어났
다. 근처에서 아코디언 소리가 들리는 것이다. 그게 뭐가
묘하냐고? 독특하게 굽이치는 이 슬픈 멜로디를 어디서 분
명히 들었기 때문이다. 석 달 전 뉴욕에서.

이번 여름의 상당 기간을 뉴욕에서 머물렀다. 숙소는 뉴
욕대학 근처의 작은 원룸. 잠시 귀국한 한국 유학생의 아

파트를 빌렸다. 악명 높은 교통 혼잡 때문에 뉴욕에서는 자가용을 몰고 다니기 어렵다. 에어컨이 탈이 난 내 차를 겸사겸사 정비소에 맡기고 주로 지하철을 타고 다녔다.

가장 많이 사용한 역은 워싱턴 스퀘어 근처의 웨스트 4번가 역. 이곳은 구조가 독특하다. 입구 계단을 내려서면 개찰구까지 100미터 정도 비스듬히 통로가 기울어져 내려가게 설계되어 있다. 이 공간이 거리음악가들의 천국이다. 잔잔한 기타 선율에 시를 읊조리는 음유시인, 컨트리송 가수, 래퍼 그리고 타악기 연주자까지. 그중에서 제일 인상 깊었던 것이 아코디언을 켜는 청년이었다.

기다란 속눈썹에 옅은 푸른 빛깔 눈동자. 소박하고 조용한 미소. 살짝 창백한 안색에 콧날이 곧게 뻗은 청년이었다. 긴 머리를 뒤로 묶고 선율에 취해 건반 위를 춤추는 손가락. 길거리에서 듣기 힘든 수준급 연주였다. 아코디언이란 악기가 원래 정감이 깊지 않은가. 하지만 그의 손에서 흘러나오는 음악은 더욱 따스하고 아름다웠다. 애잔한 정서였다. 역을 오갈 때마다 한참씩 멈춰 서서 연주를 들었다. 팁도 주고 눈인사를 나누었다. 수줍음 많은 청년이었다.

뉴욕은 대서양 연안, 시애틀은 태평양 연안에 있다. 아메리카 대륙의 정반대 쪽에 자리잡은 두 도시 사이 거리는 4,500킬로미터 이상이다. 한숨도 안 자고 차를 몬다고 치자(물론 불가능한 일이지만). 시속 100킬로미터 정속주행으

로 24시간 꼬박 달린 후 다시 21시간을 달려야 한다. 그만큼 아득히 떨어진 도시다.

가을이 깊어가는 시애틀의 10월 말. 노을 지는 거리에서 뉴욕에서 만난 아코디언 멜로디가 들려온 것이다. 고개를 갸우뚱거리며 소리를 찾아 가본다. 건너편 길모퉁이. 역시 그 청년이다! 세상에 이런 우연이 다 있는가.

반갑게 인사를 나눈다. 언제 시애틀에 왔냐고 물었다. 며칠 전에 건너왔단다. 뉴욕의 겨울 추위는 길거리 음악가에게 가혹하다. 하지만 북태평양 아열대 환류 영향을 받는 시애틀은 날씨가 온화하다는 게다. 무엇보다 뉴욕 못지않게 관광객이 많은 것이 장점이다. 그래서 겨울이 닥치기 전에 자리를 옮겼다는 이야기다. 한참 동안 대화를 주고받는다. 사진을 찍고 팁을 (이번에는 듬뿍) 주고 포옹을 한다. 그렇게 아쉬운 작별을 한다.

나는 청년의 이름을 묻지 않았다. 고향이 어딘지도 모른다. 하지만 확실하게 믿는 것이 하나 있다. 예술이 영혼의 창조물이라면 이렇게 아름다운 음악을 연주하는 이의 영혼이 모질 리 없다는 게다. 그는 분명히 좋은 사람이다. 그리고 앞으로도 선량하게 살아갈 것이다.

멀어지는 발걸음 뒤에서 다시 아코디언 연주가 시작된다. 가슴을 뒤흔드는 선율, 그 소리를 들으며 새삼 인연의 아득함을 생각한다. 우주를 떠도는 먼지와 같은 우리. 하지만 당신과 나는 언젠가 어디선가 다시 만나게 되어 있는 것이다.

사람이 온다

초판 1쇄 인쇄 2022. 3. 5
초판 1쇄 발행 2022. 3. 12

지은이 김동규
펴낸이 김선식

경영총괄 김은영
편집주간 김지환
책임마케터 박태준
마케팅본부장 권장규
마케팅4팀 박태준, 문서희
미디어홍보본부장 정명찬
홍보팀 안지혜, 김민정, 이소영, 김은지, 박재연, 오수미
뉴미디어팀 허지호, 박지수, 임유나, 송희진, 홍수경
저작권팀 한승빈, 김재원, 이슬
경영관리본부 하미선, 박상민, 윤이경, 김재경, 안혜선,
　　　　　　　오지영, 김소영, 김진경, 최완규, 이지우, 이우철, 김혜진

펴낸곳 다산북스 출판등록 2005년 12월 23일 제313-2005-00277호
주소 경기도 파주시 회동길 490
전화 02-704-1724
홈페이지 www.dasanbooks.com
이메일 libertador@dasanimprint.com
용지 한솔피엔에스 · 인쇄 갑우문화사 · 코팅 및 후가공 평창피앤지 · 제본 대원바인더리

ISBN 979-11-306-8121-4　03810

사람이
온다

김동규 산문집

삼거리상회

지무사책방恩無邪冊房은 옛사람의
글과 마음에서 배웁니다.

시경 삼백 편의 정신을 한마디로 말한다면,
생각에 거짓과 사사로움이 없는 것(思無邪)이다.
공자

세상의 어떤 사기꾼도 자기 자신을 속이는
사기꾼에 비하면 아무것도 아니다.
에드거 앨런 포

천국이 있다면 그곳은 도서관 같을 것!
호르헤 루이스 보르헤스